Johann Karl Wezel

Euphron - eine Erzählung nach dem Carmanischen

Johann Karl Wezel

Euphron - eine Erzählung nach dem Carmanischen

ISBN/EAN: 9783743628359

Hergestellt in Europa, USA, Kanada, Australien, Japan

Cover: Foto ©Andreas Hilbeck / pixelio.de

Weitere Bücher finden Sie auf **www.hansebooks.com**

Euphron.

Eine

Erzählung

nach

dem Carmanischen.

Where may the wretched for Protection bend?
Or when, ah! when, shall his misfortunes end?
Sure, perfecution in the grave will ceafe,
And Death beftow, what Life denies him, Peace.

1776.

Vorbericht.

Carmanien, Mansuren, u. f. w. sind uns bekannte Inseln der Süd = See, deren Gebräuche nicht allgemein bekannt sind — diese Begebenheit habe ich derowegen dahin verpflanzt, um nicht zu sehr ans Costume gebunden zu seyn. Wer daran zweifelt, ob ich dasselbe in Acht genommen, der mag meinethalben selbst dahin reisen

Felix, qui potuit rerum cognofcere Caufas,
Atque metus omnes, et inexorabile fatum
Subjecit Pedibus, ftrepitumque Acherontis
avari.

Nein, dazu bequeme ich mich nie, sagte Euphron, und saß an der Thüre seiner Hütte bey dem Wasserfalle eines rieselnden Baches. Ich den großen Drungar um Verzeihung bitten? Ihn, der mir zu Füßen fallen müßte? Wie? meine Angelica räth mir dieses? — Keinesweges, erwiederte Sie, dazu rathe ich nicht, die vom Abscheu gegen das Niedrige ganz hingerißne Seele meines Euphrons, stellt sich's nur so vor; — Ja, schrie Euphron, Niederträchtigkeit hasse ich; lieber unglückselig, als niedrig, lieber angesehen für schuldig, als niedrig. Allein ist es nicht dem großen Drungar zu Füßen fallen, wenn ich aufs neue in Bedienungen zu kommen suchen, und dadurch gestehen würde, daß ich mich vorhin versehen hatte? Und in Bedienungen kann ich nicht kommen, ohne Ihn zu besuchen. — Ihn zu besuchen aber, versetzte Angelica, ist ja nicht Ihm zu Füßen fallen? — Falle Sapora, falle deinem Herrn zu Füßen, dieß kann doch nicht niedrig seyn, aber besuche nur den Günstling. Er liebet die Aufwartung, —

er

er kennet deine erhabne Seele, — Ein einzige
Besuch von Dir ist Ihm mehr, als tausend Schmei-
cheleyen eines Heuchlers. — Du sollst Ihm nicht
das geringste angenehme Wort sagen, Du bedarfsts
nicht Dich tiefer vor Ihm zu bücken, als es Dir
selbst gefällt, allein — und hier bewaffnete Sie
sich mit aller Anmuth, die Venus angewandt als
Sie vorm Jupiter erschien, — oder richtiger —
Sie sah ihn mit einem Lächeln, womit Sie selbst
den ersten Morgen nach der Hochzeitsnacht in seinen Armen ruhete, an; — allein meinethalben
bücke doch vor Ihm. — Ich bücken, ich kriechen
vor diesem fremden Mansurer? ich solchergestalt
meine Landsleute, das Blut der edlen Carmaner
entehren? Ihnen gebühret das Herrschen, nun
herrschen Fremde, Mansurer herrschen; Sie verstoßen uns vom Richterstuhle, vom Rathhause,
vom Kriegsheere, von der Schifsflotte, fehlet
noch, daß Sie uns aus den heiligen Stellen verjagen sollten. Alles soll Mansurisch seyn. Saporn ekelts schon für seine Sprache, der schwache
Saporn. Du weißt ja Angelica, welche Mühe
mir seine Auferziehung kostete, wie ich in Ihn, das
Muster eines vollkommenen Fürsten zu bilden
dachte. Nie drang ich mich zu dieser Stelle, zufrieden und ruhig in meiner Hütte, trank ich Wasser, und aß Wurzeln wie meine Väter. — Deine
Gesellschaft war mir anstatt der ganzen Welt.
Ein Freund, dem man nicht schmeicheln darf, der
sich gleichfalls dieser Freyheit wider uns bedienet,

ist mehr als ein Pallast voll kriechender, bücken=
der Weisen, die nie das Daseyn einer Seele, eines
Volkes, eines Vaterlandes empfunden haben.
Du bist dieser Freund. Artarias rief mich aus
meiner Hütte, und vertraute mir die Auferziehung
des Prinzen, ich gehorchte, weil mich dünkte,
die Stimme des Vaterlandes zu hören. Aber ach!
der große Drungar, sein Name verdient nicht
genannt zu werden, hat durch seine List, meine
ganze Fürsorge zernichtet, und meine, Artarid
und die Hoffnung des Landes zu Grunde gerichtet.
Doch, ich erzähle Dir Dinge, die Dir so bekannt
sind, als mir. Die Heftigkeit meines Gemüths
riß mich dahin: — Hier schwieg er, und sah starr
auf den Wasserfall. Nach einem langen Still=
schweigen sagte er. Ach Irene! Du im Serail?
deine Unschuld sollte einer viehischen Wollust auf=
geopfert seyn? Du der Catun Abbruch thun? —
Ich bewilligen? — nein, lieber sterben! — Lie=
ber Euphron, fiel Ihm Angelica ins Wort, gieb
deinen Beyfall zu Irenens Vermählung mit Sa=
porn, und ihre Unschuld ist sicher, und Sapors
Ehre ist gerettet, und Du gewinnst wiederum dei=
ne verlorne Würde, und abermals bist Du im
Stande deinem Lande und deinem Könige zu die=
nen. — Glaubest Du, sagte Er ohne seine Au=
gen vom Wasserfalle zu wenden, der große Drun=
gar habe mich verstoßen, um mich wieder einzuse=
tzen? Nein, eben so unmöglich als sich dieser Was=
serfall von selbst hemmen kann, eben so unmöglich

kann

kann der Lasterhafte seinem Fortgang in die Untugend Einhalt thun. — Eine Welle treibt die
andre, ein Laster leitet zum andern, und das eine
ist die Folge des andern. — Doch — und hier
stand Euphron auf, sah in die Luft — und seufzete. Der Allerhöchste ist mein Zeuge, meine Be-
kümmerungen seyen nicht so groß für mich, meine
Tochter, mein Haus, meine Ehre, als für meinen König, für mein Vaterland. — Er untugendhaft, schuldig werden? Er, seinen guten Namen
verlieren? Das Land die Frucht meiner mannich-
fältigen wachsamen Nächte, meiner Gebete missen?
Das Land seiner Hoffnung entsagen? O liebes
Vaterland! und hier flossen einige Zähren über
seine Wangen; — Ich sehe deine ersten Zähren,
sagte Angelica, nie weintest Du über Dich selbst,
deine Tochter, deine Ehre, den Verlust deiner
Wohlfahrt. — Hier ist mehr als Ehre, Wohlfahrt, Tochter und wir selbst, hier ist Vaterland!
Ich muß mich standhaft Sapors Vornehmen wi-
dersetzen, vielleicht wird er schamhaft, vielleicht
kann ich alsdann das Versprechen halten, das ich
Artarias auf sein Aeußerstes gab: seinen Sohn
unangesteckt zu bewahren, Ihn hindern kein Ty-
rann zu werden. — Man ist just nicht gleich Ty-
rann, weil man zwo Frauen nimmt, unter den
Mansuren waren viele große Könige, obgleich ihr
Serail an Weibern wimmelte. — Die Mansurer
haben ein Gesetz, die Carmaner ein andres. Der
die Gesetze in Kleinigkeiten übertreten kann, ge-
wöhnet

wöhnet sich nach grade zu größern. Doch, seine
Frau verachten ist keine Kleinigkeit. — Catun
hier gekommen um Schimpf zu leiden? Die in
Gegenwart des ganzen Volks gemachten feyerlichen Gelübden sollten entzweyt werden? Dem Könige, der sich selbst, sein Volk, seine Gemahlinn
verachten kann, dem bleibt bald nichts heilig.
Hat er nicht schon eine Tochter aus den Armen
ihrer Mutter geraubet? Wie stund es um dein, eigen Herz, als die Wache, Irene, deiner Brust
entriß. — Die nächste Sünde wird, daß er die
Frau ihrem Manne entreißt, und selbst die Tem-
pel verunehret. — Der Jugend muß man etwas
zu gute halten; die Liebe ist ein so süßer und mäch-
tiger Trieb, daß Sie leicht einige Fehltritte ent-
schuldiget. — Liebe? Ja Ruchlosigkeit. Der Lie-
bende ist sanftmüthig, und entehret nicht die er
liebet; der Ruchlose kennet keine Gränzen seiner
Begierde — sein Wille ist Ihm ein Gesetz — die
Liebe ist so natürlich — Er hat seine Königinn —
Sie ist jung, Sie ist schön, Sie liebet Ihn. —
Das Verbotne ist süß. — Ein König muß seine
Gesetze vollziehen, seinen Unterthanen den Weg zur
Glückseligkeit zeigen. — Im zwanzigsten Jahre ist
es beschwerlich heftigen Leidenschaften zu widerste-
hen, insonderheit wenn der Glanz und die Macht
der Krone, und das Schmeicheln der Heuchler dazu
zu kommen. — Je größre Macht, desto größre
Pflichten. Je größrer Mißbrauch, desto größre
Strafe. — Heuchler sind gefährlich, wenn man

nicht

nicht seit der Jugend die Wahrheit gehöret, wenn
man nicht in der Tugend auferzogen worden. —
Die ganze Welt weiß mit welchem Fleiße Du Ihn
auferzogen, — aber nun ist er doch verdorben.
Schone deiner zärtlichen Frau, schone deiner armen Tochter, denn von Dir selber zu reden, nü-
tzet nicht. — Nun kamst Du zur Sache, warum
Du Sapara entschuldigtest, nein! liebe Angelica,
nein! ich weiche nicht, ich will Ihn bessern oder
— sterben. Dieß schulde ich mir, meinem Könige, meinem Freunde, meinem Vaterlande —
Ach! — Wenn alles vorbey ist, wo nicht eher so
auf deinem Todbette, wirst Du einsehen, es sey
besser einen tugendhaften, obgleich unglücklichen,
als einen untugendhaften und glücklichen Mann,
gehabt zu haben. Doch es giebt kein Glück ohne
Tugend. Allein — unsre Wurzeln verbrennen,
laß uns nach Hause gehen. Hierbey lächelte Er,
und Angelicen reichete er seine Hand.

Indem Sie diese mäßige Mahlzeit verzehrten,
wurde ein starker Laut von Posaunen und Trom-
peten, vom Stampfen der Pferde, und vom Gerassel der Räder gehört. Angelica stund auf, und
gieng zur Thüre der Hütte — Sie sah den Hohen-
priester Senja von seinem Wagen absteigen. Er
war in seiner völligen priesterlichen Tracht,
mit einem langen, blauen, seidenen Rocke, der
Ihm bis über die Fersen hieng; seine Brust zierte
ein Schmuck von Smaragden, seinen Hals eine

Schnur

Schnur Perlen, und auf seinem Kopf hatte er die
hohe rothe, mit Saphiren besetzte Mütze. — Der
Hohepriester ist hier, rief Sie hinein zu Euphron,
ohne Zweifel bringt er gute Zeitungen. Ich kenne Ihn für einen listigen Heuchler, versetzte Euphron, stund auf, und gieng Ihm entgegen.
Senja grüßete Ihn nicht allein mit Darreichung
seiner rechten Hand, sondern er legte so gar die
linke auf seine Mütze — ein Gruß, der nur Kö-
nigen gebühret. Euphron sah seitwärts, und in
seinem Herzen ekelte es Ihm. Er reichte Senja
seine Hand, und Sie setzten sich Beyde. — Groß-
müthiger Euphron, fieng Senja an, ein jeder muß
deinen Muth, deine über alles erhabne Den-
kungsart, deine unerschrockne Liebe zum Könige, zum Vaterlande bewundern. — Ich thue
nichts, als meine Pflicht. — Da Du aber schon
lange für Sie gearbeitet, so solltest Du auch einmal auf Dich selbst, deine betrübte Gattinn und
deine verlaßne Tochter denken, deren Tugend Gefahr läuft. — Hat Sie der König bezwungen? —
Noch nicht. Man kann aber alles von einem heftigen, von einem jungen und von einem mächtigen Liebhaber befürchten. — Ich bin zu allem
bereit. — Wie aber, wenn er dasjenige mit Macht
genießt, was man Ihm mit Güte versaget? So
wäre Sie doch geschändet — Nicht Sie, sondern
Er, — der Wille macht nur untugendhaft. —
Wünschest Du dann seine Beschimpfung? —
Nein. — — Erlaube denn, daß Ihn deine Tochter

ter heirathen mag, denn sonst thut Sie es nicht.
— Welches Vergnügen, eine tugenhafte Tochter zu haben! — In diesem Zustande empfindest
Du Vergnügen? — Mehr als der große Drungar. — Ueberrede deine Tochter, so rettest Du
Ihre, und die Ehre des Königs, so wird dein Gemüth beruhiget, und so trocknen die Thränen deiner Gattinn — die Thränen der Königinn aber?
— Viele Königinnen haben dieses Schicksal gehabt. Sie genießen alsdann die Ehre, die immer
denenjenigen folget, die sich selbst besiegen. Sie
fühlet die Freude, den König, sich selber und seinem Lande geschenkt zu haben. — Hast Du Sie
getrennet? — Ja — Da sprachest Du doch die
feyerlichen Wörter, wodurch das Herz des Königes dem Ihrigen alleine verbunden blieb, und womit das Ihrige nur dem Königlichen verbunden
seyn sollte. — Die Umstände haben sich geändert.
— Ist Sie todt? — Höre Euphron, der König
bietet Dir seine Freundschaft. — Die ist mir
schätzbar. — Er bittet Dich seine Ehre zu retten.
— Ja durch Schändung — Ist eine gesetzmäs-
sige Vermählung, Schändung? — Eine gesetzmäßige Vermählung mit zwoen Frauen. — In
Mansurien ist es recht. — Wir leben in Carmanien — doch Du erklärst die Gesetze täglich —
der große Drungar sendet Dir funfzig mit Früchten,
Reis, Wein, Kleidern beladne Kameele. — Sie
stehen hier außen vor. — Ist er aus dem Lande
gezogen? — Cosron sollte das Land verlassen? der

fürs

fürs Land, für den König so unentbehrliche Cosron? — Höre Senja! Artarias lag krank — an
der Krankheit, daran er starb, — er rief mich zu
sich, mit schwachen Kräften richtete er sich auf,
und — der liebe König stützete sich auf den
einen Ellbogen. Mein Freund! sagte er, ich
sterbe, — mein Sohn ist unmündig — nur neun
Jahre — sey Ihm an Vaters Stelle. Ihn und
das Reich übergebe ich in deine Hand. Hüte
Sie beyde, so wie Du es mir an jenem großen
Tag verantworten wirst. Diese Worte sind meinem Herzen tief eingeprägt — Sey Du, fuhr er
fort, der Führer seiner Jugend, stärke seinen wan-
kenden Fuß; lehre ihn sich selbst, sein Volk, seinen Gott zu ehren — lehre ihn, er sey seinem
Volke alles schuldig, er habe von demselben die
Macht, und die Natur mache zwischen ihm und
dem Schäfer nicht den mindesten Unterschied; —
lehre ihn das Gleichgewicht zwischen den Ständen
zu halten; lehre ihn, der Bauer habe dieselben Gerechtigkeiten, als der Mächtige — lehre ihn auf
die Emsigkeit Preis zu setzen. — Hüte ihn für
Heuchler, die Pest der Fürsten.

Laß ihn immer die Wahrheit hören und reden; — stelle ihm den Krieger, den Eroberer in
dem abscheulichen Lichte vor, das sie verdienen —
Laß ihn, wenn er mündig wird, eine ausländische
Prinzeßinn heirathen, denn die Landes Tochter
würde ihr Geschlecht zu sehr erhöhen. — Laß keinen Fremden zu großer Würde in unserm Lande
steigen,

steigen, ein solcher würde allen Dingen eine andre
Wendung geben, und die ächten Kinder verstoßen;
es versteht sich, die Apriger sind nicht fremd, obgleich Sie eine andre Sprache sprechen, da Sie
doch unter unserm Scepter stehen. — Halte ein
wachsames Auge auf unsre Flotte, diese Stütze
unsrer Insel. Steure die Schatzkammer mit
Weisheit, — laß nie die Ausgabe, die Einnahme
übertreffen, und vermehre nie die Auflagen —
der Wohlstand und die Menge der Unterthanen ist
des Königes Reichthum und Stärke; und ihre Zahl
vermannichfältiget sich, wenn Sie gut und leicht
leben. — Noch vieles hätte ich Dir zu sagen, allein ich werde es deiner Klugheit überlassen, dann
die Zeit ist vorhanden, da ich vor Gericht erscheinen, und Rechenschaft ablegen soll. O! wie er-
schrecklich scheint es mir, vor dem Throne des
Königes der Könige zu erscheinen! Mit nichts
kann ich mich entschuldigen, als mit meinem guten Willen — Wie oft aber ist es durch Schwachheit, Unachtsamkeit, Zerstreuung, verkehrte Vorstellungen verhindert worden! (Hier sank der beste
König in seinem Bette, und ein Thränenguß über-
strömte Ihn) — Wie schwer ist es in den Händen des Allmächtigen zu fallen! — Nichts, als
auf deine Gnade baue Ich). — und so starb der
gute König. Wie mag das Ende eines Gottlosen
werden? — und Ihn sollte ich vergessen? seinen
Sohn verlassen? in der Ewigkeit nicht. — Nach
seinem Tode habe ich jährlich diese Rede studiret.

Ich

Ich habe nur diese wenige Worte ausüben können — ausüben? — Jahrhunderte sind nicht
hinreichend. Ich habe Ihn mit einer ausländischen Prinzeßinn verheirathet, so versprach ich meinem Könige — meinem sterbenden Könige. Nun
sollt' ich es selbst zernichten? Ehre, Pflicht, Ge-
lübde, Freundschaft vergessen? — nie — nie
werde ich es geschehen lassen. — Der Priester
Gottes, — Er — der vor dem Ewigen steht, er
sollte meinen Vorsatz unterstützen, meine wanken-
den Hände empor halten, aber siehe! er lauret auf
mich — er ist mein Feind, und der Feind des
Landes. — Weg mit dem Geschenke! Weg mit
der Lockspeise! Erde und Asche — meine Wurzeln
sind mir hinreichend. Schmecke eine Senja, — bist
Du unschuldig, so schmecken Sie besser als die Ge-
richte der Köche — Weh mir, schmeckten Sie mir
nicht! Nein Senja, mit Ehre zu sterben ist besser,
als mit Schande zu leben. Ich darf mich kennen — Drungar muß sich immer fliehen. Grüße
Ihn, wenn er des Königes, des Landes und sein
eigner Freund wird, so ist er auch meiner. Grüße
meine Tochter, ein Vater befiehlet Ihr lieber zu
sterben, als Unrecht zu thun. Tod, Leben, gleichgül-
tige Dinge — die Ewigkeit ist Leben. Und nun stund
Euphrott auf — nahm Angelica bey der Hand,
und sagte: dein Mund schweigt — dein Auge
spricht, Du denkst, wie ich. Sie fiel ihm um den
Hals — ich kenne meinen Mann, Du entzückest
mit Macht. Irene ist in Gottes Hand. — Nicht
nus

nur Irene, verſetzte Euphron, ſondern das Vaterland, der Sohn Artariä, Er, den ich ſo hoch-
ſchätze, — mein Leben laſſe ich für Ihn, ach!
konnte ich Ihn nur beſſern! doch der Himmel
ſchenkt Ihn wohl einſt meinem Gebete, den Seufzern ſeines Vaters. Senja! Fühleſt Du nicht
die Stimme Gottes in deiner Bruſt? den Gott,
den Du ſo oft anrufeſt! Strebe Sapors Herz zu
beugen, präge den Glauben in des großen Drun-
gars, und er wird gewonnen — Noch iſt es keine Zeit — man muß die Jugend ausraſen laſſen.
— Die Jugend ausraſen? — Verächtlicher Senja! täglich ſprichſt Du von Gott, und fühleſt Ihn
nie in deinem Herzen? iſt dann der Glaube nur
Wind? Für dich iſt er Wind. Verächtlicher Senja! Drungar iſt beſſer als Du! — Bald wirſt Du
anders reden — Er kehrte ihm den Rücken, gieng
fort, und grüßete Ihn nicht.

Du abſcheulichſter aller Menſchen! rief Euphron, Du beſpotteſt die Religion, Du lebſt wie
ohne Gott, und doch darfſt Du Ihn nennen. —
Zärtlich umarmte Angelica den Euphron, — ge-
liebteſter — zwinge deinen Zorn, deinen billigen
Zorn, ſonſt ſtürzeſt Du Dich in ein größres Unglück — Kein Unglück rühret mich, da mein König, mein Vaterland zu Grunde gehet. — Deine
Angelica leidet, wenn Du leideſt. — Meine Angelica leiden? — und hier thräneten die Augen
des Helden — es iſt beſſer mit den Unſchuldigen
leiden,

leiden, als schuldig an der Tafel der Fürsten sitzen
— der Himmel ist der Vertheidiger und Beloh-
ner der Unschuld. — Denke an Irene — Für
Sie bin ich nicht besorgt. — Gott verläßt Sie
nicht. Sie mag leben oder sterben, so lebt und
stirbt Sie unschuldig. — Wo holest Du so viel
Standhaftigkeit her? — Von der Religion —
sie giebt mir Trost, sie erneuert meine Hoffnung. — Ich sehe weit über diese Kugel, — die
Gottlosen bekriechen sie als Ameisen, ohne Hoffnung, ohne Vergnügen, ohne Gott; Sie sind ihr
angenagelt, — aber ich fliehe in Gedanken weit
über den Mond, über die Gestirne, über alle Sphä-
ren, zu dem Unsichtbaren, zu dem Allguten, zu
dem wahren Mächtigen. — Doch — da noch
der König seiner Ehre geschont, da er noch bis
aufs äußerste mit meiner Tochter gegangen, so ist
es meine Pflicht zu versuchen, ob ich Ihn noch auf
beßre Gedanken bringen kann — er setzte sich nieder, und schrieb den folgenden Brief.

Herr! Selbst wissen Sie am besten, mit welcher Zärtlichkeit, mit welcher Fürsorge ich mit Ihnen
umgegangen bin. Nie verbarg ich Ihnen eine
Wahrheit — Nie machte ich Ihnen Verweise,
wenn Sie nicht alsbald überzeugt wurden, es ge-
schähe zu Ihrem Besten. Was fehlet dem Reiche?
Wohlstand, Freude, Friede, Stärke, Macht zeigen sich überall. — Nie habe ich Jemanden von
meinen eignen erhöhet, — Ihr eignes Herz kann

B   bezeugen,

bezeugen, daß ich nie zu Jemandes Vortheil sprach,
als wenn er es verdiente. — Ich trug die ganze
Last, und Ihnen ließ ich die Ehre. — Nun wollen Sie zum Danke alles dieses meine Tochter und
sich selbst schänden? — durch eine unerhörte That
allen meinen Fleiß zernichten? Herr! ist das
recht? — es ist die Tochter eines alten Freundes,
ihres Vaters. — Sie haben die Macht — aber
Sie haben Sie von Gott: und Ihm müssen Sie
Rechenschaft geben, wie Sie sie gebrauchen. —
Diese böse That suchen Sie zwar unter dem ehrwürdigen Namen des Ehestandes zu verstecken.
Aber bedenken Sie auch, Sie seyn schon verheirathet? und die Königinn lebe, der Sie am Fuße
des Altars Treue geschworen? — Sie selbst waren gegenwärtig — Sie war gegenwärtig — das
Volk war gegenwärtig, Gott war gegenwärtig—
Ihm und Ihnen selbst können Sie nicht entfliehen.
Wie wirds um ihre eigne Ehre stehen? Warum
wollen Sie sich in ihren eignen Augen veräckt-
lich machen? Was wird Ihr Volk sagen? Was
werden Fremde sagen? Sapor regieret über ein
mächtiges Volk, und sich selbst kann er nicht regieren. — Herr! traue nicht der Hofsprache, sie
ist immer die Sprache der Heuchler. Geld, Vortheil, Ehrenzeichen, verächtliche Dinge, wenn
Sie von Unwürdigen getragen werden, Wollust,
Niedrigkeit steuern diese Sprache. Gehen Sie
in die Stadt, aufs Land, unter Bürger, unter
Bauern, sprechen Sie den Schäfer im Walde,

lassen

laſſen Sie die Diener des Glaubens, die wahren
Diener deſſelben, reden; leſen Sie die Schriften
ihrer Voreltern, laſſen Sie die Thaten ausländi-
ſcher Regenten vor Ihnen predigen, hören Sie
die Stimme der freyen Völker, über alles aber,
urtheilen Sie nach ihrem eignen Herzen, da werden Sie die Wahrheit finden, und nie am Hofe—
Welchergeſtalt wollen Sie ihrem Vater in jener
Welt begegnen? Er wird Sie nicht erkennen wollen — Allein, überreden Sie ſich ſelbſt, ſenden
Sie mir meine Tochter zurück, geben Sie wiederum der Königinn ihr Herz, ſcheiden Sie ſich von
dem böſen Manne, den Sie ſelbſt zum Groß-Drungar gemacht; berathſchlagen Sie ſich mit ihren
Landesleuten, und dann werden Sie größer, als
wenn Sie keine Begierde gehabt, größer, als
wenn Sie ihrer Krone zwanzig Länder zugefügt,
und überwundne mit Feſſeln beladne Feinde vor
ſich geführt hätten. — Dann werden Sie von den
Guten hochgeſchätzt, von ihrem Volke geliebet,
von ihrer Gemalinn verehret, und von ihrem Vater in der Ewigkeit umarmet werden. Dann
werden Sie mit Sich ſelber und mit Gott Friede
bekommen. — Nun ich beſchwöre Sie Herr! bey
dem heiligen Staube ihres Vaters, den Sie itzt
beunruhigen, nehmen Sie ſich dieſe Ermahnungen zu Herzen, und glauben Sie, daß wie Sie
auch mit mir handeln, haben Sie doch keinen auf-
richtigern Freund, als Euphron.

B 2   Wäh-

Während der Absendung dieses Briefes, war Senja zum Groß-Drungar gekommen, und hatte Ihm den schlechten Ausfall seiner Bothschaft berichtet. — Der Ausfall ist gut, rief Er, nun finde ich vielleicht Gelegenheit Ihm den Garaus zu geben; so lange er lebet, bin ich doch nie sicher, ich verließ mich auf seine Trotzigkeit, die er Tugend nennt, und ich war versichert, Sie würde mir mehr Hülfe leisten, als alle meine Anschläge. — Sey mir behülflich Ihn aus dem Wege zu räumen, und die funfzig Kameele mit ihrer ganzen Ladung bleiben deine, ohne was Du schon bekommen hast. So lange er lebet, bist Du außer dem, nicht sicher. Er weiß gar zu wohl, daß Du zu seinem Untergange geholfen, und daß Du durch die heilige Macht der Religion das Gemüth des jungen Königes lenketest, da er noch zweifelräthig war. — Solches wird nie verziehen, am wenigsten von denenjenigen, die die strenge Tugend auszuüben vorgeben. — Sie sind immer hart und rachgierig. Senja machte anfänglich viele Ausflüchte, doch als einer der gern überredet — gern genöthiget seyn will, um nachher ihr eignes Gewissen bemänteln zu können. Sie überlegten darauf ihren bösen Vorsatz auf das beste, und hofften ihre Anlage dergestalt einzurichten, daß ihnen der Ausfall nicht fehlschlagen sollte. Am meisten baueten Sie auf Euphrons eigne Unbeweglichkeit und Steifheit, mit welchen Namen Sie seine Tugend belegten. In dieser Meynung begäben Sie sich
zum

zum Könige, um Ihm Euphrons Trotzigkeit vorzustellen: und sie mit den schwärzesten Farben zu
zeichnen. Sie fanden den König in einer sonderbaren Gemüthbewegung. Er empfieng Sie kalt-
sinnig und verwirrt. Lies diesen Brief Cosron,
sagte Er zum Groß-Drungar, ich fürchte, ich habe dem Euphron zu hart begegnet. — Zwar war
er etwas eigensinnig und steif, aber er war zugleich gerecht, und er liebte mich. Ja selbst aus
diesem Briefe leuchtet es überall hervor. Cosron
las ihn, und reichte ihn dem Senja, indem er sagte: der Hauptinhalt betrifft die Religion, der Hohepriester muß deswegen ein Urtheil drüber fällen.
Sonst däuchts mich, dieser Brief zeiget keine Liebe,
denn er ist voll von Vorwürfen und harten Aus-
drücken. Wohl wahr, versetzte Sapor, sie sind
aber keblich hart, und Ehrlichkeit scheint die Fe-
der geführt zu haben. — Ja, diese steife Leute
verstecken sich alle unter dieser Larve. — Euphron
bereicherte sich zwar nicht, Er half auch Niemand-
den von seinen Eignen, denn dazu besaß er viel zu
wenig menschliche Liebe, aber er wollte alles selbst
machen, und obschon er sich anstellte, als wenn
Er Ihnen die Ehre gäbe, so war er doch zu klug,
als daß er nicht wissen sollte, daß der, der mit
allen spricht, der Ihnen im Namen seines Fürsten,
Gnaden ertheilet in Augen des Volkes, immer als
das Hauptrad angesehen wird. Er wollte Sie in
einer ewigen Vormundschaft halten, und eben
deswegen gönnet Er Ihnen Irene nicht. Erst

B 3   sollten

sollten Sie Ihn darum befragt haben, und wer
weiß, ob er, da er die Neigung des Pöbels zu
sich kennet, keine andre Absichten dabey hat, und
ob er Sie etwa deswegen nicht zum Schwieger-
sohne haben will, weil alsdann der Vortheil beyden gehörte. — Welche Absichten! rief Sapor
außer sich selbst, er hat doch wohl nichts böses im
Sinne wider mich? — Ich kann nicht läugnen,
unterbrach Ihn Senja, daß ich ja etwas ähnliches
gehört habe. Das Unrecht, das Ihm seiner
Aussage nach wiederfahren ist, hat sein hartes Gemüth erhitzet, und es bleibt darum das Beste, Ihn
hieher zu holen, und wenn er gegenwärtig ist, mit
Wohlthaten zu überschütten — Vielleicht wird er
alsdann nachgeben, und seine Tochter überreden,
daß sie Sie lieben soll, und ist er demungeachtet
unbeweglich, so steckt gewiß was Böses dahinter.
— Dieser Rath ist vortreflich, sagte der König;
selbst will ich Ihn holen, selbst will ich Ihn sprechen, — mein alter Lehrer kann mir nicht dasjenige weigern, was die Glückseligkeit meines Lebens ausmachet. — Um des Himmels willen,
schrie Senja, vergreifen Sie sich nicht so sehr. —
Bald würde er sich wiederum ihres Herzens be-
meistern, und Sie unter das alte Joch treiben.
Zum allerwenigsten würden Sie täglich seine
Strafpredigten hören, anstatt der billigen Lobre-
den, die Ihnen itzt ein jeder abstattet. Ja, er
würde die beste Gelegenheit bekommen, seinen bösen Vorsatz auszuüben, und unter dem Scheine
der

der Uneigennützigkeit und Rechtfertigkeit, würde
Er Ihnen Irene versagen, um sie und das Reich
einem Andern zu geben. — Nein! man muß Ihm
Versprechungen machen, Hoffnung geben, daß er
seine verlorne Würde wieder erhalten wird, wenn
Er seine Tochter überreden will. — Und wenn er
nicht will, fiel ihm plötzlich der König ins Wort,
soll man dann nicht halten, was man versprochen? — Ja, Herr, wenn Sie Irene verlieren
wollen. — Irene muß ich mit gutem oder bösem
haben, dieß gilt mein Leben. — Wohlan dann!
Will der Halsstarrige nicht, so wird sein böser
Vorsatz offenbahret, und er wird gar zu gelinde
behandelt, wenn man Ihn zu seiner Hütte zurück
sendet, und für diese Gelindigkeit muß er nur Irenens Vater danken. — Dann lassen Sie sich Irenen trauen — Als ein junges, schönes, eitles
Frauenzimmer kann Sie keinen Widerstand machen, und die vermeinte Sünde, die hierinn stecken
sollte, die nehme ich auf mich. Unsre Nachbaren,
die Mansuren, halten es für keine Sünde, ja
kaum jemand in dem großen Asien. — Es ist nur
ein bürgerliches Gesetz, — ein Gesetz, das Könige
geordnet, ein Gesetz, das Könige wieder aufheben
können. Denn der Anfang und das Ende des
Gesetzes, ist der König. Ein andres wäre es,
wäre es wirklich ein Religionsgesetz, denn demselben sind Könige selbst unterworfen; der Himmel
bewahre mich, daß ich Sie zur Uebertretung eines
solchen überreden sollte. — Allein über alle andre

B 4   Gesetze

Gesetze sind die Könige weit erhoben; Sie sind
sichtbare Götter auf Erden, alles ist Ihnen unter-
geben, und ein jeder muß streben etwas zu ihrem
Vergnügen beyzutragen. — Allein warum so
verschwiegen Cosron? sagte der König, bist Du
einer andern Meynung? — Weit gefehlt, versetzte er, und bückte sich bis auf die Erde, die
Weisheit selbst konnte nicht anders reden, als
Senja, ich befürchtete nur mein Zeugniß würde
verdächtig fallen, weil wir Mansuren so viele Wei-
ber nehmen, als es uns unser Vermögen und unser Herz erlauben wollen. Uebrigens befremdet
es mich, warum Du, o König! so lange bittest,
da Du doch nur befehlen kannst. — Hierinn aber
sieht und preiset ein jeder deine Güte, den alten
Euphron ausgenommen; Er, der Einzige, der
dich nicht loben will, Er, der seiner Tochter, Dich
liebenswürdig zu finden, verbietet, da doch alle
Karmanische Jungfrauen für Dich seufzen. —
Das, was seine größte Freude und Ehre seyn
sollte, verschmähet er, als wäre es eine Beschimpfung. — Allein der Wille meines Königes ge-
schehe! laß ihn geholt werden, laß Ihm Ehre und
Gutes genießen, wenn er sich nur erkenntlich zeigen will: allein mein König spreche Ihn nicht bis
es geschehen. Laß er Irenen erlauben, seinen
König zu lieben, dieß ist doch keine Missethat, so
bin ich versichert, daß Sie Ihn liebet, denn über
den Willen seiner Tochter hat er eine unumschränk-
te Macht, und um desto mehr bin ich versichert,

weil

weil ich überzeugt bin, Irene liebe meinen König, obgleich Sie sich nicht damit merken läßt, obgleich Sie sich halsstarrig bezeiget, aus Furcht und Ehrbietung gegen ihren alten, mürrischen Vater, denn von seinem bösen Anschlage weiß Sie nichts. Euphrons Versöhnung mit dem Könige beruhe auf Irene — allein, mein König erniedrige sich nicht vorhin mit Ihm zu sprechen; dadurch kann auch seine Verrätherey, wo er eine solche im Sinne hat, denn meinethalben möchte ich Ihn gern entschuldigen, desto leichter entdeckt werden, und dieser Rath wurde gebilliget, und man sendete einen Bothen zu Euphron.

Unterdessen hatte sich Nuschirwan, vormaliger Oberschenk, und der einzige von Euphrons alten Freunden am Hofe, der Ihn nicht verlassen, und auch deswegen abgesetzt worden, zum Euphron begeben, um Ihn zu überreden, er sollte der Vermählung Irenen mit dem Könige seinen Beyfall geben: denn sonst befürchtete dieser ehrliche Freund, seine Feinde würden auch hiervon Gelegenheit nehmen, um Ihm mehr böses zuzufügen. Er fand Ihn, in seinem Garten, mit einem ruhigen und vergnügten Gesichte, Erbsen aufbinden. — Mein Freund, sagte er, ist es nun Zeit Erbsen aufzubinden, nun, da Du deine Würde, dein Amt, das Zutrauen deines Königes und deine Freyheit verlohren, die in den Gränzen dieses Fleckens eingeschränkt worden? Nun, da deine Tochter

B 5

ter befürchten muß ihre Ehre, und Du vielleicht
dein Leben zu verliehren? — Ehrlicher Freund!
erwiederte Euphron, Gott schulde ich einen Tod,
— meine Tochter kann nicht ihre Ehre verliehren
ohne wenn Sie selbst will. — Nothzüchtigung
kann Sie Ihr nicht nehmen — Mein Herz bezeuget mir, daß ich meinem Gott, meinem Könige,
meinem Vaterlande gedient habe, weswegen sollt'
ich denn fürchten? Das Zutrauen des Königes habe ich verloren, ein Unheil für Ihn und das Land,
weil böse Leute meine Stelle vertreten haben. —
Ich bewundre deinen Muth, allein willst Du dich
nicht selbst bedenken, so bedenke deine Tochter —
Ja, ihre Ruhe, ihre wahre Glückseligkeit will ich
gern mit meinem eignen Blute befördern — Hier
bedarf man keines Blutes — Bedenke aber, Sie
ist ein Frauenzimmer, Sie ist jung, und ein lie-
benswürdger König ist Ihr Anbeter — Ihre Tugend — meine Ermahnungen trösten mich —
Ich bin ihr Muster, — wenn Sie auch alles verliert, muß Sie froh seyn, daß Sie ihre Tugend
behält — Sollte Sie aber fallen? — Es würde
mir das Herz zernagen — Du kannst es verhindern? Wie so? Bewillige daß Sie den König hei-
rathet, so verliert Sie weder Tugend noch Unschuld — Ich aber verliere die Meinige. — Das
begreife ich nicht: ein andres wäre es, wenn der
König die Königinn verstieße; so thäte er Ihr Unrecht — Der König zwo Frauen haben? — An
vielen Orten ist es gebräuchlich. — Es streitet
aber

aber wider unsre Gesetze. O mein Freund! ich
merke wohl, Du kennst nicht die Natur des Lasters.
Man fängt, wie dir beliebet, in Kleinigkeiten an,
von der Ordnung abzuweichen, und man endiget
mit den Großen. Der zwo Frauen nehmen kann,
begnüget sich zur letzt nicht mit zehn. Nein! wer
tugendhaft seyn will, muß kämpfen, muß strei-
ten, muß sich selbst überwinden, — die Tugend
muß Ihm so zur Gewohnheit werden, daß er nicht
im Stande sey unrecht zu thun: sonst fällt er bey
dem geringsten Stoße. — Nuschirwan zuckete die
Achseln, seufzete, billigte das Verfahren seines
Freundes, bedauerte aber, er sey verloren.— Der
Gottlose ist verloren, sagte Euphron, nicht der
Gerechte, dieser landet zur letzt im Himmel —
Wie war es aber möglich, fragte Nuschirwan,
daß Dir der böse Cosron den König abspänstig machen könne? zwar habe ich etwas davon gehöret,
den rechten Zusammenhang aber weiß ich nicht.—
Geliebtester! versetzte Euphron, Du, der so lange
den Sapor gekannt, Du hast ohnfehlbar schon
vorlängst bemerkt, das Lob sey seine schwache
Seite; daß er gern Lobgesänge höret. Eine nicht
schlimme Neigung, so lange uns das Gewissen
bezeuget, wir thun lobenswürdige Thaten; so
lange wir der Wahrheit folgen, so lange Wir Sie
hören mögen. Allein wie beschwerlich, für den
Jungen, für den Unerfahrnen, für einen König,
diese Mittelstraße zu halten! Cosron ist wohlge-
bildet, er kann sich alle Gestalten annehmen, den

ehrli-

ehrlichen Mann vorstellen, um seine Absichten zu erreichen. Er kennet das menschliche Herz gründlich, aber nur um es zu verderben. Da er bey der Königinn in Gnaden stund, als ein eifriger Christ angesehn war, obgleich er ein eingeborner Mansurer, und da er als oberster Sebaste immer Zugang zu Ihr hatte, weil er ihrem Hofe vorstund, so bekam er auch freyen Zutritt zum König. In wenigen Tagen hatte er seine Natur ausstudiret, und mit Willfährigkeit, Schmeicheley, angenommener Ehrlichkeit und Religion sein Herz gewonnen, und was Wunder, daß er den König betrog? er betrog auch mich, und ich hielt Ihn für einen ehrlichen, eifrigen und unschädlichen Mann.— Nun war ich weniger beym König, weil er mündig worden, stets war ich mit Reichssachen beschäfftiget, — desto weniger bemerkte ich seine Anschläge, bis es zu spät wurde; der König blieb mir endlich abgewöhnt, und er gewöhnte sich dem Cosron.— Als er es nun so weit gebracht, zog er die Königinn auf seine Seite, indem er mich als einen strengen, beschwerlichen Mann beschrieb, der die Belustigungen junger Leute einschränken, und stets das Staatsruder steuren wollte. Zwar wäre ich ein Mann, den man seiner langen Erfahrung und erwiesener Dienste halber nicht ganz bey Seite stellen sollte; allein man müßte mir auch zeigen, daß man ohne mich durchkommen könnte, und daß man sich nicht meinethalben in den Belustigungen zwingen wollte. Der Königinn gebührete

rete es ihren Gemahl und das Reich zu steuren,
und nicht mir. Allmåhlig überbrachte es die junge Königinn, auf eine gute Art dem Könige, welcher, obgleich langsam, doch zuletzt gewöhnt blieb,
nicht immer Gutes von mir zu hören, nicht immer
meinen Rath folgenswürdig zu achten, und mich
zu Zeiten für beschwerlich zu halten. Es geschah
deswegen, daß der König im Rathe, in gewissen,
obgleich geringen, Sachen einer andern Meynung
war, als ich. Zwar setzte ich mich etwas dawider, gab aber bald wider nach, weil ich mich
freute, daß er selbst zu handeln und zu denken
anfieng. Da er aber selbst zu fühlen, seine Freyheit erhalten, und ein beschwerliches Joch abge-
schüttelt zu haben glaubte, so widerredete er mir
nach grade ohne den geringsten Grund, nur um
seiner Freyheit zu genießen. Du hast's wohl
selbst im Rathe wahrgenommen, und ich, der da
glaubte, Wahrheit und Eifer für das gemeine
Beste hätte Ihn bis dahin bedecket, sah itzt zu
meinem größten Erstaunen, daß die meisten Glie-
der desselben, immer der Meynung des Königes
beyfielen. Ich sann dem Dinge nach, erforschte die
Ursache einer solchen Veränderung und gar bald
fand ich, Cosron sey nicht so unschädlich und un-
eigennützig, als ich mir vorgestellt, sondern daß
Er im Rathe durch den Mund des Königes das
Wort führte.— Doch vor dieser Entdeckung pro-
ponirte mir der König, daß er Tanz am Hofe haben wollte. Cosron dachte, ich würde mich heftig

tig dawider setzen, weil ich es in der Minderjäh-
rigkeit des Königes nie öffentlich am Hofe erlaubt
hatte. Er glaubte das Sauersehen sey die Ursache, da es doch nur Wohlanständigkeit, weil keine
Königinn zugegen, und weil ich befürchtete, der
König möchte sich in eine Landestochter verlieben,
und dadurch zu einer, seinem Reiche beschwerlichen Heirath verleitet werden, hauptsächlich, da
Er schon mit meiner Tochter die Probe gezeigt. —
Hier fiel Ihm, Nuschirwan ins Wort, und fragte,
warum er es denn verhindert? Dadurch, fuhr er
fort, hättest Du dich selbst im Amte befestiget, einen tüchtigen und unentbehrlichen Mann zum
Dienste des Landes aufgehoben; Du wärest immer
der Meister des Königes geblieben, und hättest
Ihn auf dem Wege der Tugend erhalten können. —
Und weswegen sind nicht unsre eigne Töchter der
Hand des Königes eben so würdig als fremde
Prinzeßinnen, die oft Fremde mit sich führen, und
nicht allein selbst ein fremdes Herz zum Lande tra-
gen, sondern zuweilen den König selbst für dasselbe fremd machen. — Der Himmel bewahre
mich für niedrige Kunstgriffe, rief Euphron, deine
Freundschaft verblendet Dich, und nur der Freundschaft wegen entschuldige ichs bey Dir. Die wahre und nützliche Staatsklugheit, gehet stets mit
aufgerichtetem Haupte, Sie versteht keine krumme
und versteckte Wege; — das Wohl des Vaterlandes durch Arglistigkeit befördern, ist, wäre es
auch möglich, nirgends erlaubt, und wird zuletzt
schäd-

schädlich. — Wenn ein eingebornes Geschlecht so
hoch empor steigt, vergißt es sich gar bald, suchet
nur seine Anverwandten zu erhöhen, und erniedri-
get dadurch alle Uebrigen.   Wenn ich auch für
mich selbst stehen könnte, so lebe ich doch nicht
ewig, und obgleich ich von Angelica und Irenen,
das beste hoffe, obgleich ich sicher weiß, es sey
ihnen unmöglich ins Laster zu verfallen, so könnte
Sie durch Freundschaft verstrickt werden; — Sie
sind Frauenzimmer, sie sind empfindsam, und
Irene ist jung — Und wenn Sie auch Versuchun-
gen überwinden sollten, so hätte man doch die
Liebe, Willfährigkeit und Höflichkeit des Königes
zu befürchten. — und denen aus dieser Ehe ent-
sprossenen Kindern, würde es doch eine Schuldigkeit die Anverwandten ihrer Mütter zu befördern;
— welche Kette von Beleidigungen, von Miß-
vergnügen, von Murren, von gar zu großen An-
suchungen! und Ich, könnte ich nicht mit Recht
beschuldiget werden, Saporn für mich selbst gebil-
det zu haben? und womit sollt' ich mich bey mir
selbst entschuldigen? Dazumal war Sapor tugendhaft, — sein Herz stund noch unter meiner Macht,
ich brachte ihn daher, obwohl mit Mühe, von
diesem Vorsatze ab. — Ein König, sagte ich Ihm,
ist seinem Volke alles schuldig. Demselben muß
Er für Scepter und Krone, für Macht und Gewalt danken; — das Volk war vor dem Könige
zu, — das Volk kann zuseyn ohne König, allein
nie der König ohne Volk. — Er muß daher demselben

selben seine geliebtesten Leidenschaften aufopfern,
insonderheit wenn er im Begriffe steht, eine Ehe-
frau zu wählen — eine flüchtige Lust verschwin-
det, die Ehre aber dauret ewig. Auch darf er
keine garstige, widrige Prinzeßinn wählen — seine Wahl erstreckt sich weit genug. Durch das
Bild ihrer Person, durch vertraute Gesandten,
durch das öffentliche Gerücht kann er sich von ihren Annehmlichkeiten, von ihren Tugenden ver-
sichern, und erlauben es die Umstände, so kann Er
zu Ihr, Sie zu Ihm, noch eh dem endlichen Be-
schlusse reisen. Da ließ er die zu Irenen gefaßte
Liebe fahren, konnte ich mir daher vorstellen, ein
unglücklicher Tanz würde aufs neue das verlöschte
Feuer anzünden, da er doch itzt so viel älter, da
er verheirathet, und da Er seine Königinn liebte?
und doch zielte Cosron hierauf da er dem Könige
eingab, mir zu sagen: Euphron läßt wohl nicht
seine Tochter von diesem Balle? Cosron wollte
die halb erloschne Liebe wieder erregen, mich seiner Meynung nach unglücklich machen, und sich
das Herz des Königes und die Macht im Reiche
zueignen. — Unvorsichtiger Weise versprach ich,
meine Tochter sollte zum Balle kommen, und dieses habe ich mir nun vorzuwerfen. Cosron ver-
säumte nicht durch sich selbst, und seine Mithelfer
den König anzufrischen. Die Schamhaftigkeit
meiner Tochter zündete das Feuer, und löschte es
nicht. — Kurz es kam damit so weit, wie Du
nun siehest, und die Königinn sah zu spät, wie
übel

übel Sie gethan, diesem Manfurer zu glauben,
und mich zu stürzen, und so erzählte Sie mir alles,
und wie Sie und Cosron auf meinen Untergang
gearbeitet. — Unglücklicher Katun! wie bedaure
ich dein Schicksal! und wie unschuldig gab ich
Anleitung zu deinem Unglücke!

Indem diese Freunde das Schicksal des Königes und des Landes bedauerten, wurde ihre Un-
terredung durch das Gerassel eines Wagens, und
das Wiehern der Pferde unterbrochen. Ein
Hauptmann von der Leibwache des Königes trat
hinein, und kündigte dem Euphron an, Er und seine
Frau sollten sich alsobald nach Hofe verfügen. —
Ohne Aufenthalt rief Euphron seiner Frau, und
sagte Ihr: es sey des Königes Wille, Sie sollten
sich gleich nach Hofe begeben. — Was mag des
Königes Absicht seyn? fragte Angelica, warum
in solcher Eile? er bereuet wohl seine Härte, mein
Bester! und unfehlbar wirst Du wiederum deine
vorige Würde betreten. Zum erstenmale sah man
itzt Angelica froh, seitdem Sie aufs Land verwie-
sen worden. Nuschirwan dahingegen war ganz
untröstlich. — Mein Freund! schrie er außer sich
selbst, und umschlang Ihn mit beyden Armen,
gehst Du an den Hof, so bist Du verloren, deinem
Untergange eilst Du entgegen, und Du wirst zum
Hohn deiner Feinde. Bey unsrer Freundschaft
beschwöre ich Dich, bey der Fürsorge, die Du
deinem eignen Leben schuldig bist, bey dem Vater-

C   lande,

lande, dem Du noch viele Jahre dienen kannst, rette Dich durch die Flucht, — selbst dieser gute Mann, bin ich versichert, wird Dir darinn behülflich seyn. Der Hauptmann erwiederte: Meine arme Euphron! Ja mein Leben steht Dir zu Diensten, wenn es nöthig thut.— Und Dir habe ich doch nie eine Wohlthat erzeigt. — Mir hast Du gedient, indem Du dem Lande dientest, und der Tugend sind wir alle unsern Dienst schuldig.— Unterdessen ist mir nicht bewußt, dieser Befehl sey zu deinem Nachtheile: dahingegen hoffe ich, er sey der Anfang zur Ehrung der Tugend. — Nun, geliebteste Angelica, sagte Euphron, es ist Zeit diesen Ort zu verlassen, und dem Befehle des Königes zu gehorchen. — So ruhig! rief Nuschirwan! Nie sah ich Ihn anders, versetzte Angelica; ein Gesicht im Glücke und Unglücke, sein Mund lächelt nie im Glücke, und seine Wangen erblassen nicht durch Unheil.

So bald Sie im Schlosse ankamen, zeigte man ihnen anständige Zimmer, Sie bekamen aber weder Bekannte noch Freunde zu sprechen; ja nicht einmal ihre eigne Tochter, worüber Angelica viel von ihrem Muthe verlohr. — Eine Stunde nach ihrer Ankunft kam Senja — er versicherte Sie der Gnade des Königes — Ja — er betheuerte — Euphron würde verlohrne Würde und Ansehen wieder erhalten, wenn er nur seine Tochter überreden wollte den König zu lieben.—

Was

Was ist Ehre? was ist Ansehen? fuhr Euphron
auf, Tugend, gutes Gewissen ist alles. Ich,
den König auferziehn, um Laster anzuüben? ich
ihn in der Untugend stärken? Nein! das thut
Euphron nie! — ich beklage dein Schicksal, sagte
Senja, allein Du verursachst Dir's selbst durch
dein unbiegsames Gemüth, dessen Tapferkeit auch
itzt auf die Probe gesetzt werden wird — Dem Könige vergaß man nicht Euphrons Verfahren mit
den schwarzesten Farben zu schildern; allein doch
konnte man ihn zu keiner merklichen Härte bewegen. — Xanti, ein niedriger Sklave des Cosron,
welcher auch vorm Euphron gekrochen, nie aber
seiner Aufmerksamkeit würdig geblieben, und der
itzt Oberküchenmeister war, wurde darauf zu Ihm
gesandt, um Ihn durch Drohungen zu überreden,
Drohungen, die doch nur zum Scheine waren,
ein Mittel, das der König selbst erfunden. Xanti
näherte sich ihm, und in einem kläglichen Tone,
sagte er: dein Schicksal geht mir zu Herzen, elen-
der Euphron! — bey diesen Worten schlug Euphron die Augen auf — Du bist selbst elend, versetzte er, ganz wohl erinnere ich mich der Zeit, da
Du vor mir krochst, und nun kriechst Du vor
dem Groß-Drungar — Du magst mich hassen, so
sehr Du willst, fuhr Xanti fort, doch werd' ich
Dich immer lieben. — Wie schmerzt mich aber
dein Schicksal! Selbst hörte ich den König sagen;
will Euphron nicht mit gutem, so soll er mit bösem genöthiget werden, es giebt Henker und Fol-

C 2   terbänke

terbänke genug in meinem Lande. — Euphron
schwieg — Xanti sah ihn starr an — und blieb
immer bey — Wie? sagte er, den Tugendhaften
Euphron sollt' ich auf der Folterbank sehen? —
meine Seele schaudert! — Er vielleicht zum
Schaffotte geschleppt werden? Ungerne sage ich
es — aber ich muß meinen Freund und die Ehre
des Königes retten, es beruhet auf Ihm selbst, seine eigne und die Glückseligkeit seiner Tochter zu
befördern. — Euphron stand auf, und kehrete
Ihm den Rücken. Da rief Xanti heftig — Un-
glückseliger! taub und blind bey deinem Unglücke
höre nun die Worte desselben — deine Frau, deine Angelica, Sie, die Du mit solcher Zärtlichkeit
liebest, Sie wird das Opfer deiner Halsstarrigkeit,
der Ehre deiner Tochter — es ist beschlossen, wo
Du bey deinem Vorsatze verharrest, Sie, denen
Soldaten preis zu geben. — Angelica entfärbete
sich, ein kalter Schauer, fuhr über Sie, Sie be-
bete, fiel vom Stuhle, und war ohnmächtig —
Euphron lief zu Ihr, nahm Sie in seine Armen,
zärtlich drückte er Sie an seine Brust, und sagte:
Xanti, bist Du ein Freund, so schaffe Wasser. —
Xanti stund aber, und sättigte seine grausame Au-
gen mit diesem Anblicke. Mit der Kälte und dem
Hohn eines Hofmannes sagte er: bist Du nun
so zärtlich Euphron, wie wird's Dir seyn, wenn
Du erst Angelica unter den Soldaten erblickst. —
Euphron hob seine Augen gegen den Himmel.
Xanti ist auch dein Geschöpf, sagte er, die Teufel
sind

sind auch von Dir erschaffen. — Eine billige Er-
bitterung preßte Ihm diese Worte aus seinem
Munde; — nie zeigte er die mindeste Ungeduld,
wenn ihn selbst etwas betraf.— itzt aber litt seine
geliebteste Angelica.

Aus Mangel eines reinen Wassers griff Euphron zu einem etwas schmutzigen, worinn Sie
sich gewaschen, und das in einem Winkel stund:
Hierdurch und durch seine vielfältige Umarmungen
und heiße Küsse, wurde endlich Angelica wieder
hergestellt. — Sie schlug ihre Augen auf Xanti,
mit Veracht aber entzog Sie sie ihm wieder, und
sagte: ist dann der Unverschämte noch hier? Euphron nahm Ihn alsbald beym Arm, führete Ihn
zur Thüre, und sagte: derjenige, der Unglückseli-
ge in ihrem Unglücke beschatten kann, verdienet
Veracht. Xanti gieng hinaus, denn so schlimm
er auch war, so vernahm er doch bey sich selbst, er
verdiente ausgestoßen zu werden. — Stehendes
Fußes gieng Er zum Groß-Drungar, und erzählte
die Begebenheit, er berichtete aber nicht, daß man
Ihn ausgestoßen, und aus seinem eignen Kopfe
legte er hinzu, Euphron habe geweinet, und seine
Hände gerungen, als er hörte, wie man mit Angelica verfahren wollte. Ah! sagte Cosron, und
lächelte mit einer bittern Miene, daß ich diese Wollust nicht genießen sollte! nun fühle ich erst meine
Größe! dieser stolze Mann wollte mir kein gutes
Wort geben, — er beschauete mich mit Veracht,

aber

aber nun zermalme ich Ihn — Er verließ sich
darauf, daß ihn Niemand überzeugen konnte, er
habe Geschenke und Gaben angenommen, und
glaubte daher, diejenigen bestrafen zu können, die
solches thaten. Er freute sich rechtfertig genennt
zu werden — unbiegsam zu seyn — seine Steifheit nannte er Standhaftigkeit — Aber nun soll
ich seinen Namen aus der Welt bannen, und tre-
ten und herrschen über seinen Untergang. Ißt
berichtete man dem Könige den Ausfall, doch nicht
anders, als daß man Ihn mit einem ewigen Ge-
fängnisse gedrohet, (denn nach Befehl des Königes
sollten die Drohungen nicht weiter gegangen
seyn,) und daß er geantwortet, Er verachte Gefängniß, Tod und den König. — Man stellte
alles so verhaßter Weise vor, daß Sapor sehr auf-
gebracht wurde, und in folgenden Worten aus-
brach: Ich soll Irene haben, es mag kosten, was
es will, und so will ich den alten Halsstarrigen
nach seinem Bannungsorte schicken, und Ihn da
ungeachtet lassen. — In einer darauf folgenden
Berathschlagung, welche Cosron mit seinen An-
hängern halten ließ, fieng der Hohepriester zu befürchten an, man habe den Euphron zur Unzeit
an Hof kommen lassen — man würde Ihn vielleicht nicht so leicht wieder los — und es schiene
doch, als wenn der König, zu seiner Entleibung
nicht zu bewegen war. — Ohne das wäre die Liebe des Königes so stark zu Irenen, was, wenn
Er sie wirklich heirathete? — Würde nicht alsdann

dann ihr Vater seine verlohrne Macht erhalten?
Was endlich, wenn sich Euphron überreden laffen
follte? — Seine Trotzigkeit, verfetzte Cosron,
die er Standhaftigkeit nennt, ist mir Bürge dafür,
und follte man den König zur Hinrichtung dieses
stolzen Rechtfertigen nicht bewegen können, so hab'
ich doch das Vergnügen, Ihn zu peinigen gehabt,
und so wird es mir eben so leicht Ihn wieder zurück zu fenden, als es mir war, Ihn hieher zu
kriegen. Bey sich felbst aber verließ sich Cosron
am meisten auf Gift, welches Er in allen Fällen
beschloffen, sowohl dem Euphron als Irenen ein-
zugeben.

Adamantus war Oberstallmeister. — Während Euphrons Glückfeligkeit, war er einer seiner
eifrigsten Freunde, ein starker Anbeter der Religion, und insgemein hielt man Ihn für einen
Mann, der auf keine Art von dem abzubringen
war, was er für recht hielt. Zwar vertrug er
sich itzt mit Cosron — Zwar hatte er, durch zur
Zeit angebrachte Aufwartungen und Willfährig-
keiten feinen Posten vertheidiget, und doch in den
Augen der Menge den Namen eines ehrlichen
Mannes, — ja felbst bey Euphron, — den Namen eines aufrichtigen Freundes behalten; denn
er dachte, Adamantus thäte es nur um daß doch
Einer zurückbleiben möchte, der im Stande wäre,
etwas böfes abzuwenden. — Cosron aber, der
im höchsten Grade die Eigenschaft befaß, das Herz

C 4   der

der Menschen zu kennen, und sich ihrer Neigun-
gen zu seinen Absichten zu bedienen, hatte vorlängst
eingesehen, unter seiner Aufführung stecke der fei-
neste Eigennutz und Herrschbegierde. Dem ungeachtet war er gar zu verschlagen, ihm die Larve
zu entziehen, da er wohl wußte, nichts mache die
Menschen zu unsern bittersten Feinden, als wenn
man dasjenige entdecket, was Sie mit großer
Kunst verborgen halten. Cosron beschloß sich, dieses Mannes zu bedienen, um Euphron desto mehr
zu peinigen, und Ihn, wo möglich, zu einer Niederträchtigkeit zu bewegen, wodurch er die allgemeine
Hochachtung verliehren, und Cosron die Ergebenheit der Carmaner gewinnen könnte, wenn er solchergestalt den öffentlichen Haß verminderte, welchen Er auf sich geladen zu haben wußte, da er
einen rechtschaffenen Mann, vom Hofe und Steurung des Regimentes fortgejagt hatte. — In dieser Absicht ließ er Adamantus zu sich rufen; —
der König, sagte Er, kennet deine Ehrlichkeit und
Ergebenheit zu seinem Dienste. Ohne Irene kann
Er nicht leben; er ist zu zärtlich, um Sie zu
schänden, — Er will sich Ihr darum durch eine
gesetzmäßige Vermählung trauen, und Sie, nach
Gebrauch so vieler Völker seiner Königinn zur Seite setzen lassen; ein stolzer Mann aber, ihr Vater, setzt sich unter Vorwand der Anständigkeit,
Gesetze und der Religion, dawider, in der That
aber, um den König zu zwingen, Sie alleine zu
heirathen, und sich dadurch aufs neue der Regie-
rung

rung bemeiſtern. — Geſchenke, verlohrne Würde,
Ehre, ja — Gefängniß und Plage ſind umſonſt
angewandt worden, ihn zu bewegen, denn dieſer
feine Hofmann verläßt ſich auf die Liebe des Königes, und denket deſto ſichrer den Meiſter zu ſpie-
len, wenn nur Irene alleine Königinn iſt. Gehe
daher, ſuche ihn durch andre Mittel zu überreden — Mittel, welche deiner Klugheit und Ein-
ſicht überlaſſen werden;— Er betrachtet dich doch
als ſeinen Freund, und Du biſt’s auch, in ſoweit
Dir deine Frommheit nicht erlaubet, Jemandes
Feind zu ſeyn. Richteſt Du’s aus, ſo kannſt Du
auf die Gnade des Königes bauen. — Meiner
Freundſchaft bedarf ich nicht zu gedenken— durch
deinen Eifer im Dienſte des Königes haſt Du dir
ſchon dieſelbe vorlängſt erworben. Und hiermit
umarmte und küßte Er Ihn. — Mit wenig Worten dankte Adamantus für das Ihm erzeigte Vertrauen, verſicherte, er würde ſich aller Macht, die
Ihm Freundſchaft über Euphrons Herz gab, bedienen, um dieß zum Vergnügen des Königes und
Cosrons auszurichten: hauptſächlich da Er nicht
allein deutlich ſah, es ſey des Landes Wohl, daß
Euphron nie ſeine vorige Stelle erlangte, da ſie
doch nun um deſto beſſer beſetzt, ſondern es ge-
reiche ebenfalls zur Wohlfahrt deſſelben, daß der
junge König nicht länger in ſeiner Liebe gehindert
würde, da man ſonſt die ſchädliche Wirkung einer
ſo heftigen Leidenſchaft auf die Geſundheit des be-
ſten Königes befürchten müßte.

C 5

Ada-

Adamantus begab sich unverzüglich zum Euphron. Er betheuerte, großen Antheil an seinem Unglücke zu nehmen, ja, Er vergoß Thränen, und versicherte Ihn, er bliebe aus keiner andern Ursache am Hofe, als um Gelegenheit zu finden, seinem Freunde und dem Vaterlande Dienste zu leisten. Deswegen könnte Er dem besten Manne, der itzt herrschete, nicht rein vorm Kopf stoßen, und ebendadurch erfuhr er auch verschiedne seiner Anschläge. Euphron versicherte, er sey überzeugt, er thäte alles in einer guten Absicht, und Er peinige seine rechtfertige Seele, um nur dem Könige, dem Vaterlande, und seinen Freunden zu dienen: meine Selbstverläugnung, fuhr der redliche Euphron fort, geht nicht so weit, — ein solches Opfer ist mir nicht möglich, von Jugend an, gewöhnt meine Meynung ohne Umschweifung zu sagen, muß ich Tyrannen und Bösewichtern, selbst vor ihren eignen Augen trotzen. — Du thust wohl, versetzte Adamantus, Ich thäte es auch, wäre es nicht gut, daß noch ein ehrlicher Mann am Hofe bleibet, um doch etwas böses abwenden zu können. Unterdessen kümmert mich dein Zustand sehr! denn theils durch Senja, theils durch Cosron, habe ich itzt die erschrecklichsten Anschläge wider Dich entdecket. — Können Sie mir noch mehr böses zufügen, fragte Euphron, als Sie mir schon zugefüget, und zuzufügen gedrohet? Adamantus that, als wüßte Er nicht, womit man Ihm gedrohet, Euphron erzählte ihre Drohungen —

gen — Ja! die Würden, die Reichthümer die
Sie Dir itzt angebothen, stimmen mit dem Anschlage, den Sie nun vorhaben, überein. Sie
wollen ein Gerücht ausstreuen, daß Du der Vermählung des Königes deine Einwilligung gegeben,
Dir dadurch den Ruhm deiner Standhaftigkeit
und Tugend berauben, und Dich in den Augen des
Volkes zum Lasterhaften machen. — Um es in
dieser Meynung zu stärken, wollen Sie den König
vermögen, dir ansehnliche Geschenke von Gütern
und Eigenthümern zu geben, dein Bild oberst im
Saale der Wohlthäter stellen, deiner Frau nach
deinem Tode ein beträchtliches Jahrgehalt aus-
machen, Dich zum Herzog von Masandran er-
klären, und Irenen, den König zu heirathen, zwingen; und um daß Du nicht durch deine Aufführ-
rung und deine Gesichtszüge das Gerüchte zernichten sollst, so wollen Sie dich, unterm Vor-
wande, Du seyest krank, in dieser Kammer halten, und — ich bebe dir's zu sagen — hier legte
er seine Hände in Euphrons seine — so wollen
Sie dich mit Gift der Welt entreißen. — So wollen Sie mit meinem besten Freunde handthieren,
und der Tod soll seine Belohnung seyn! Nun
stand Euphron jähling auf. — Für den Tod
grauet mir nicht, sagte er, mir aber meinen guten Namen, meinen Ruhm, die Zuneigung des
Volkes, und die Hochachtung der Guten berauben! — liebster Adamantus! was ist hierbey zu
thun? — Fliehe, so rettest Du Ruhm und Leben, —

ben, — dann tödte ich Ruhm und Leben — Du
entgehſt der Gewalt deiner Feinde. — Aber ich
falle vor meinem eignen Gewiſſen — So lange
man kann, iſt man ſchuldig ſein Leben zu retten.—
Nicht mit Verluſt der Ehre — ſo würde ich ja
Frau, und töchterliche Tugend den Feinden preis
geben: ſo müßte mich ja ein jeder den ſchwachen
Euphron nennen. — Aus Furcht des Todes ſeine
Ehre verſchmeißen? — So gieb denn nach —
bewillige die Vermählung des Königes, und ver-
hüte, daß nicht eine heftige rechtmäßige Liebe in
eine gewaltſame und unrechtmäßige verarte. —
Kann mein Beyfall dasjenige gerecht machen, was
doch Unrecht iſt? und wo blieb denn meine Ehre
ab?— Die geht ja doch verloren; in Gedanken
des Volkes wirſt Du ja doch ſchuldig — Unſchuldig aber in meinen eignen. Nein! Adamantus,
nein! Ehre, die wahre Ehre beſteht nicht im Bey-
falle, ſondern in dem Zeugniſſe des Gewiſſens.
Liebenswürdig iſt die Tugend durch ſich ſelbſt,
nicht durch Schein und Ehre, ich verachtete keine
Ehre, keine Hochachtung meiner Landsleute, ſo
lange Sie meinen Thaten von ſelbſten gefolget.
An jenem großen Gerichtstag aber, wenn alle
Thaten entdeckt werden ſollen, ſoll ich nicht durch
ihren Beyfall alleine beſtehen, — weh mir! wo
mich alsdann mein eignes Gewiſſen verdammet!
Und ſoll ich die Hochachtung meiner Landsleute
verlieren, ſo verliere ich Sie lieber unſchuldig als
ſchuldig — Ich bewundre deine erhabne Seele,

ſagte

sagte Adamantus, allein noch weiß ich eine Weise
wie Du die Hochachtung deiner Landsleute hüten,
dein Leben und dein Ansehn retten, und die Ehre
deiner Tochter zum wenigsten von Nothzüchtigung
befreyen kannst. — Geschwind sage mir sie —
Alles — fast alles thue ich um Sie vom letztern
zu retten. — Bewillige insgeheim Irenens Ver-
heirathung, doch mit Bedingung, Sie solle stets
geheim gehalten werden, kehre zu deiner Hütte zurück, und sey versichert, Irene wird gar bald des
Königes Herz wenden, der Gottlose abgeschaft,
der Gerechte wieder eingesetzt, und das Land in
seine vorige Blüthe kommen — Lange sah Ihn
Euphron unbeweglich mit starren Augen an, —
Er kehrte sich endlich um, und sagte: — So ist
auch Adamantus durch Cosrons Umgang verdorben, mein Freund nicht mehr! Er gieng ins nächste Zimmer, und verriegelte sich die Thüre.

In der nächsten Rathsversammlung beym Könige, stand Phocas auf, ein Mann dem die Ange-
legenheiten des gemeinen Volkes überlassen waren,
ein sanftmüthiger frommer Mann, der aber in
vielen Dingen andre Grundsätze gehabt, als Euphron, und unter andern geglaubt, es sey dem
Staate dienlich, der Bauer bleibe stets in dem Zustande und in der Untergebenheit seiner Herrschaft,
worinne Er sich damals befand, und dieses könne
man nicht verändern, ohne die Grundstützen des
Staats zu erschüttern; dahingegen aber wollte
Euphron,

Euphron, man solle es allmählig verändern, die
vollkommne Bewerkstelligung aber, den mündi-
gen Jahren des Königes überlassen. Phocas war
dieserwegen bey seinem Amte geblieben, weil man
ihn für einen Feind des Euphron hielt, da er es doch
nichts weniger, sondern ehrlich, offenherzig, und
seinen Grundsätzen treu war. Phocas sprach folgender Gestalt: Oft bin ich und Euphron auf dieser
Stelle verschiedner Meynungen gewesen: die
Verschiedenheit unsrer Meynungen ist zuweilen etwas heftig ausgedrückt worden; allen seinen Sätzen gab ich meinen Beyfall nicht — von der
Gleichheit — von der Freyheit der Menschen ein-
genommen, schien er mir bisweilen das Eigen-
thumsrecht zu beleidigen, und den Unterschied zu
verringern, der unter den Ständen seyn muß.
Dieses schwächte mittlerweile unsre gegenseitige
Hochachtung nicht, da wir doch beyde, obwohl
durch ungleiche Wege, auf das Beste des Staates
zieleten. Ich beklagte zwar, daß ein solcher Mann
abgesetzt, und nicht so belohnt werden sollte, als
es seine Redlichkeit verdiente, doch aber schwieg
ich. Da ein Fremder — ein Mansurer zur höchsten Würde stieg, bedauerte ich, kein Carmaner
sey hiezu bequem gewesen, — doch bedauerte ichs
nur für mich selbst. Manche eingebohrnen wurden nachher abgesetzt, andre verbannet, und zum
theil traten Mansurer an ihre Stelle. — Noch
schwieg ich — denn erst wollt' ich sehen, ob der
Staat nun besser verwaltet würde, als vorhin;—

Nun

Nun aber da unſre Geſetze, unſre Gebräuche, unſre
Religion bey Seite geſetzt werden ſollen, — nun
da unſer König als ein unerhörtes Beyſpiel in Carmanien eine andre Frau, da die vorige noch lebet,
und zwar ohne die erſte zu verſtoßen, (und durch
welche Macht kann ein Unſchuldiger verſtoßen werden?) nehmen ſoll, wer kann alsdann ſchweigen?
— Unſre Geſetze jammern, die Religion ſchreiet
in unſern Ohren, das Volk iſt aufrühriſch; auf
Gaßen, Straßen, Märkten, knurret man darü-
ber, und wir ſollten ſchweigen? deine treue Diener ſollten ſchweigen? Nachher, o König! würdeſt Du uns untreu nennen, zu ſpät würdeſt Du
bedauren, wenn — es grauet mich zu ſagen, —
wenn ſich das Volk von ſeinen Pflichten befreyet
glauben wollte, weil es den König ſah, der keine
zu haben vermeinte. Nur ein politiſches Vorgeben iſt es, wenn man ſaget, der König, der Rath,
die Ausgeſandten des Volkes regieren — Nein!
das Volk — die Menge iſt es, die da herrſchet.
— Sie gehorchet, ſo lange die andern, wohl, er-
träglich, nicht zu ſchlecht regieren, ſie verträgt
vieles, ſehr vieles, aber nicht alles. Was ver-
mag dann einer wider Alle? der Thron Gottes iſt
unbeweglich — einzig unbeweglich, aller Könige,
aller Rathsherren, alles Adels, beweglich, veränderlich: wo nicht anders, ſo ſterben Sie zur letzt,
ihre Grundſätze gehen mit Ihnen ins Grab, ſie
ſterben mit Ihnen; andre wachſen wieder auf,
um auch zu ſterben, und ſo werden Sie vom Volke,
vom

vom Gerüchte, vom Zukünftigen, von der Histo-
rie beurtheilet, und weh Ihnen! sollten sie sich
vor Gottes Ausspruch stellen, wo Sie sich nicht
sonst vorhin selbst beurtheilt haben. Zittre drum,
o König! Zittre für dich selbst! Fürchte Dich itzt
für dein Gericht, so wirst Du es nachher nicht befürchten müssen. — Allein, was soll ich von dem
Sonderbaren sagen? daß man zur selbigen Zeit,
da man die Tochter, zum Bette des Königes lei-
ten, ja zum Throne erhöhen will; da verfolget
man just den Vater, setzt ihn ab, verbannet ihn,
ruft ihn wiederum nach Hofe, doch ohne ihn wieder einzusetzen, verschließt ihn, hält ihn zum Besten, verspricht ihm prächtige Dinge, und zugleich
drohet man ihm mit dem Tode, mit der Folterbank, mit Beschimpfung, und seine Frau mit Ent-
ehrung. Alles dieses glaubt man insgeheim zu
thun, — der König weiß es vielleicht nicht alles
— allein die Wahrheit dringt durch die Wände,
und zeiget sich dem Volke, nur nicht Dir, o Sapor! Wohin mag man mit solchen Widersprüchen
zielen? man lauret hiedurch auf den Rechtfertigen, man will ihn berücken, zum Fehltritte verlei-
ten, und Blutschuld über Dich und dein Haus führen. Dieß versprachst Du nicht Euphronen, da
Du auf seinen Knieen saßest, und er dich väter-
lich in seine Armen nahm: oder vielleicht versprachst Du es, da die letzte Handschrift deines
Vaters auf dieser ehrwürdigen Stelle feyerlich
verbrannt, und die letzte Staatsschuld abbezahlt
wurde —

wurde — alles durch Euphrons Wirthschaft und
seine gute Steurung der Schatzkammer. Dieses
Verfahren lag vielleicht unter jenen Worten verborgen, worinn Du, nachdem dich Senja, durch
ein unauflösliches Band der Katun vereiniget,
ausbrachest: nun kann ich ohne Beleidigung meines Volkes der Liebe genießen, und dafür muß ich
Euphron danken, der mehr auf mein, und das
Beste meines Volkes sah, als auf eigne Hoheit
und Wohlfahrt seiner Familie. — Nicht durch die
strengsten Untersuchungen hat man entdecken können, Euphron habe den geringsten Schilling vom
Staatsgelde entwendet, — er gieng dürftiger
fort, als er gekommen war, und laß Jemand erscheinen, der bezeugen kann, daß er durch Pracht
und Verschwendung das seinige verthan. Sein
Gehalt war geringer, als aller andern Minister,
nie verlangte er, es sollte vermehrt werden, er be-
stimmte es selbst, um nur die Schuld des Staates
desto leichter bezahlen zu können — und daß die
seinetwegen angestellten Untersuchungen scharf und
richtig waren, daran zweifelt wohl Niemand —
Du machtest sie ja selbst Cosron! — Cosron er-
blaßte. — Zwar weiß ich, der Neid saget, Euphron habe sich aus Ehrgeiz und Hochmuth, dergestalt aufgeführt; allein — laß andre derselben
Gründe wegen eben so handeln; verdiente nun
Euphron eine solche Behandlung, weil er Dich in
der Tugend erzogen? Befrage dein eigen Herz:
untersuche es, und finde, wo Du kannst, ob Er

D   für

für sich selbst — für seine eigne gesprochen? ob
er einen Unschuldigen verführt? ob er zu einer Ge-
walttthätigkeit angerathen, ob er Dir deine Königinn häßlich abgemalt, und wo nicht, so thue deine
Pflicht, so thue Recht, erfülle die Wünsche deines
Volkes, rufe Euphron zurück; schenke Ihm deine
alte Vertraulichkeit, vergiß seine Tochter — Hier
wurde der König feuerroth, da er ihn doch bis
dahin mit großer Aufmerksamkeit, ja zuweilen mit
Thränen in den Augen angehört hatte. — Liebe
deine Königinn, und verabschiede die bösen Rathgeber. — Welche? fiel ihm der Groß-Drungar
ins Wort — Dich und deines Gleichen, versetzte
er — Duldet der König — daß seine Wahl —
sein Beamter, in seiner Gegenwart beschimpft
werde? — und von demjenigen, der Ihm befiehlet, Irenen zu vergessen? — und diesen Namen
sprach Cosron mit solcher Empfindung — mit
solcher Zärtlichkeit aus, daß es bis ins Herze
drang. — Geh aus meinen Augen, sagte der König in einem wüthenden Zorn, und komm nie
wieder her. Phocas gieng mit nassen Augen, und
eh er gieng, sagte er: Nun ist der König verloren! nun ist er nicht mehr im Stande, Rath an-
zunehmen. Armes Land! armer König! Nichts
als der Himmel kann Euch retten.

Cosron war nicht zufrieden, den Phocas vom
Rathe getrieben zu haben, noch selbigen Tag mußte
er auf Königs Befehl die Stadt, und in dreyen
Tagen

Tagen das Reich räumen. Nun war fast der
König außer sich selbst; ohne Irene könnte er
nicht leben, und doch war er zu zärtlich, um Sie
zu nothzüchtigen. Der Saame der Tugend, den
Euphron in seiner Brust gepflanzet, keimete doch
noch etwas hervor. In dieser Beängstigung ließ
er an seinem Hofe verkündigen, er verstoße Katun, und in wenigen Tagen solle Irene den Thron
besteigen. — Der Erstern verbot man aus ihrer
Kammer zu gehen, und man sprach, als wenn
man sie nach ihrem Lande zurücksenden wollte.
Durch diese Erhöhung hoffte zwar Sapor nicht
Euphrons Herz zu bewegen; aber er dachte, die
schöne Irene würde sich hiedurch selbst überreden
lassen, und ihren Vater vielleicht vermögen, zum
wenigsten nicht dawider, und solchergestalt dieser
ihr Skrupel gehoben zu seyn. Allein, eh er Jrenen zu diesem Schritte überreden wollte, schickte er
Senjaen zum Euphron, um Ihm zu verkündigen,
er sey im Begriffe, Hand und Krone Jrenen zu
schenken; er möchte doch nicht dawider seyn, weil
Sie es alsdann aus tochterlichem Gehorsam ebenfalls nicht bewilligen würde. — Allein, alle Sen-
jas Vorstellungen waren fruchtlos, obgleich Sie
von den heftigsten Gebeten der Angelica unterstützt
wurden. Euphron harrete auf der Meynung, ein
guter Mann müsse mit aller Gewalt das Laster
vermeiden, und demselben weder durch seinen Beyfall noch sein Stillschweigen, eine gewisse Art
Feyerlichkeit geben.

Jtzt

Itzt fieng es den Cosron zu reuen an, daß er
den Euphron dem Könige so nahe hatte kommen
laſſen.— Was? wenn Ihn Sapor beſuchen woll=
te? — ſein Gift ſchien ihm itzt nur ein ſchwaches
Mittel — Was? wenn es nicht recht angebracht
würde? — wenn nur der Eine — wenn gar kei=
ner ums Leben käme? Er faßte daher den Vor=
ſatz, auf eine andre Art, Irene und Euphron aus
dem Wege zu ſchaffen. Böſewichter ſind zwar
argliſtig, zuweilen aber blendet ſie ihre Bosheit;
ſie ſind deswegen wankelmüthig, und bald werden
Sie von Herrſchſucht geleitet, bald von Rache
und bald von Furcht. Cosron ließ nun durch
ſeine Anhänger ausſtreuen, daß im Fall, Irene
durch Euphron (deſſen Halsſtarrigkeit bekannt
war,) verführt, ſich nicht bequemen wollte, ſo
hatte der König beſchloſſen, Sie zu nothzüchtigen,
und dieſes Gerücht verbreitete ſich in ſolcher Ge=
ſchwindigkeit, daß Nuſchirwan ſich verpflichtet
fand, es ſeinem Freunde zu melden; er wurde
ohne Aufenthalt eingelaſſen, denn man vermuthete
die Bothſchaft in welcher er kam.

Da Euphrons Unbiegſamkeit Saporn verkün=
diget war, griff er zum letzten Mittel — er woll=
te nämlich Irene bewegen, Sie ſollte Ihn zu über=
reden ſuchen. — In dieſer Abſicht begab er ſich
in ihre Kammer, und warf ſich zu ihren Füßen.
Irene richtete Ihn wieder auf, und ſagte: Sie
wollte ihm nicht antworten, bis er ſich bey ihr
nieder=

niedergelaſſen. Er fieng alsdann ſolchergeſtalt
an: Schönſte Irene! ein König legt Dir ſeine
Krone und ſein Reich zu Füßen; ohne Dich kann
er nicht glücklich ſeyn. — Zwar konnte er befehlen; allein deine Perſon iſt ihm nicht hinreichend,
er muß dein Herz haben: von Jugend an hat er
dich geliebet, und er würde dich auch beſitzen, wenn
nicht der böſe Mann — Sprich mit Ehrerbietung
von meinem Vater — Wohlan! er iſt leider!
dein Vater — Setze den Fall, er ſey todt, —
was hindert dich dann dein Herz zu verſchenken?
— Er lebet — Allein er hindert dein Glück —
Er will mein Glück. — Doch liebeſt Du mich —
Katun lebet — Ich hab' ſie verſtoßen — Das iſt
Unrecht — In Manſurien, in Japan, in China,
in Perſien iſt es recht. — Hier aber iſt es Unrecht. — Was irgends Recht iſt, iſt's überall. —
Und wer ſagt, es ſey Unrecht? — Euphron ſagt
es. — Er kann irren — Er iſt dein, mein, und
der Vater des Reiches. — Wenn aber Irene ſagte, es wäre Recht — wenn mir ihr ſüßer Mund
Beyfall geben ſollte? — Euphron hat mich erzogen. — Dein Mund verneinet, deine Augen aber
bejahen. Göttliche Irene! überrede deinen Vater, mache mich glücklich — ohne Dich kann ich
nicht leben: und ſo drückte Er Sie heftig an ſeine
Bruſt, und ihrem Munde raubete er einen Kuß—
Irene ſtieß ihn von ſich — ich bin keine Skla-
vinn, ſagte Sie — Und ich bin König, verſetzte
er. — Und Ich Jungfrau, und die Tochter eines

D 3   Unglück-

Unglückseligen — Eines Unglückseligen Tochter?
— Ja! eines Unglückseligen — durch dich Un-
glückseligen — Irenens Vater unglückselig! —
Sapor weinete — es steht bey Ihm, frey, reich,
mächtig zu bleiben — seine vorige Würde und
mein Vertrauen zu erhalten— Irene ist der Preis.
— Irene steht nicht feil, ohne für die Liebe. —
Ich liebe Irene — sage nur — sage Irene —
Du liebest mich, und alle sind wir glückselig. —
Kann jemand ohne Tugend glücklich seyn? —
Wenn dir aber Euphron befehlen sollte, mich zu
lieben? — Ja — sollte Euphron befehlen. —
Ueberrede Ihn, laß ihn nur nicht dawider seyn,
ich verlange kein öffentliches Geständniß, — er
darf nicht einmal bey der Hochzeit zugegen seyn—
laß er es nur Angeliken erlauben — Euphron
thut kein Unrecht. — Groß Unrecht zu lieben!
wenn ihn aber Irene sprechen wollte?— Das
thue ich nicht. — Euphrons Leben gilt es —
Irene die Meinige — oder — Euphron sterbe!—
Nun zeigt sich der König, sagte Irene, und sah
ihn mit rührenden Augen an; — der zärtliche
Liebhaber ist dahin: — Er kommt sogleich wieder, — wenn Irene will. — Nun faßte Sapor
sich. — Die Heftigkeit meiner Leidenschaft, sagte
er, verleitete mich. — Verzeihe meine Schönste!
itzt brach sie nur in Worten aus, werde ich aber
zum äußersten getrieben, so gewähre ich nicht für
die That — Und hier zitterte das Knie des Königes, und ohnmächtig sank er in einen Sopha—

Irene

Irene mußte, so ungerne Sie auch wollte, Hülfe rufen. — Der König erholte sich gar bald, er wurde weggetragen, beym Abschiede drückte er Irenens Hand, und sagte: Irene verspricht ja die Meinige zu werden? — Ich verspreche nichts, versetzte Sie bescheiden, gerne aber wollte ich meinen Vater retten: und Schaamröthe überzog ihr Gesicht; — Der König küßete ihre Hand, eh sie es verhindern konnte, und Hoffnung glänzete aus seinen Augen.

Unverzüglich eilete Irene zu ihrem Vater — Diesen ehrwürdigen Greis fand Sie mit einer aufgeschlagnen Bibel vor sich. — Itzt — sagte die betrübte Schöne, und warf sich zu seinen Füßen, und legte ihren Kopf in seinen Schooß, und benetzte seine Hände mit ihren Thränen, — itzt steht es in meines Vaters Hand, sein eignes und das Leben seiner Tochter zu retten — die Natur that ihre Wirkung — er erhob sie, setzte Sie auf seinen Schooß, und küßte Sie. — Dein Leben? sagte er — gerne gebe ich das meinige für deines — Nein! versetzte Sie, und zärtlich umschlang Sie den Hals ihres Vaters — Nein — meines hängt von deinem ab. Der König — Was Er? — drohet dich ums Leben zu bringen, und so muß ich auch sterben. — Fasse dich, geliebte Tochter! bald wird die Zeit thun, was einige Augenblicke früher der König zu thun drohet. — Mein Vater, mein bester Vater einen gewaltsamen Tod

D 4   sterben!

sterben! und hier weinte Sie bitterlich — Tochter! Du durchbohrest mein Herz — meinen eige-
nen Tod fürchte ich nicht — Du aber unglückselig werden! was soll ich thun, um diesen Vorge-
bungen? will der König, ich soll mein Vaterland
verlassen, will er, ich soll ihn ums Leben bitten;
wohlan! um Dich zu befriedigen thue ich es. Ja
begehrte er auch, ich sollte den Groß-Drungar besuchen — diesem Herzen würde es theuer kosten,
allein um Irene vergnügt zu sehen — Nein, so
was ist es nicht — (zärtlich legte Sie ihre Wan-
ge an die seinige, kehrte ihren Kopf weg, schlug
die Augen nieder, war feuerroth und zitterte) ich
darf's nicht sagen — ich kann's nicht sagen —
es ist Euphron, den ich spreche. — Euphron aber
ist dein Vater, dein zärtlicher Vater — Ja er ist
zärtlich — allein seine Augen dulden kein Unrecht,
— Will etwa der König — ich solle deiner Vermählung mit Ihm beystimmen? — Irene schwieg
und umschlang Ihn auf das festeste. — Euphron
stund auf, und setzte sie nieder — mit einer hohen,
zärtlichen, ruhigen Stimme, und mit übereinstim-
menden Geberden, sagte er. Ich erwartete zwar
nicht, meine Tochter sollte mir eine solche Bothschaft bringen — denn ob ich gleich bemerkt, ihr
Herz sey für Sapor, da doch ihr Verstand für
die Tugend war, so dacht' ich doch stets, Verstand, Tugend und Euphron würden gesiegt haben. — Nun sehe ich aber, die Furcht für mein
Leben habe gemacht, daß das Herz gewonnen. —

Sieh

Sieh nur auf mich, meine Tochter! es ist kein Laster eine Neigung zu haben — es ist aber ein Sieg
daſſelbe zu überwinden — Ich thue alles, was
mir mein Vater befiehlet. — Du mußt es thun —
es iſt eine Pflicht. — Mein Vater kann nicht befehlen, was nicht recht ſeyn ſollte. — könnte ich
nur hinführo ſeinen Anblick ausſtehen! — Du
haſt dich für nichts zu ſchämen. — Die Liebe iſt
natürlich. — Sapor iſt jung — liebenswürdig
— denn der Glanz der Krone, bin ich verſichert,
blendete Euphrons Tochter nie — einen Augen-
blick nicht ganz anſtändig denken, iſt leicht ausge-
löſcht, wenn man nur recht handelt. Deiner
Vereinigung mit dem Könige öffentlich oder heim-
lich, offenbar oder ſtillſchweigend beyzuſtimmen,
iſt Unrecht, iſt wider des Landes Wohl, wider
ſeine Ehre, wider dein eigen Beſtes, und wider
meine Wohlfahrt: denn wir leben nicht für dieſe
Welt alleine, für die zukünftige leben wir. Dieſe
iſt der Eingang jener. Hier meine Tochter,
hier (indem er ſeine Hand auf die Bibel legte) iſt
unſre Hoffnung, unſer Troſt, unſer Alles, unſre
Richtſchnur, unſer Geſetz. — Job litt, er litt ge-
duldig, er litt weit mehr als wir: ſeine Frau ſpot-
tete ſeiner, meine tröſtet mich: er wurde Kinder-
los, noch lebet meine Tochter, meine Irene —
ſeine Freunde belachten Ihn, Nuſchirwan liebt
mich — er war krank, ich bin geſund. Wohlfahrt, Ehre, Anſehn, Hohheit ſind dahin; mein
Leben läuft Gefahr: Kleinigkeiten! das meiſte

D 5

bringen

bringen wir nicht mit uns in die Welt, das letzte
vergeht täglich. Nun, meine Tochter, nichts ist
übrig, als die Flucht. Nuschirwan hat dich zu
begleiten versprochen, — noch diesen Abend kommt
er zu Dir. Fliehest Du nicht, wer wird dann
der heftigen Leidenschaft des Königes Gränzen setzen? — Du weigerst dich, ihn zu heirathen —
dieß versprichst Du ja? denn es ist Sünde. —
Dieß verspreche ich. — Und doch wird er deiner
genießen wollen; entweder schleppt er dich alsdann mit Macht zum Brautschemel oder er noth-
züchtiget dich. Nothzüchtigen ist zwar keine Sünde auf Seiten der Leidenden, es ist aber eine
Schande, und durch Gewohnheit wird es zur
Sünde. — Fliehe ich aber, so ist mein Vater gewiß des Todes. — Was dann? in kurzer Zeit
sammeln wir uns wieder; dann können wir einander ohne Erröthen beschauen — allein, was
würde mir Sapors Königinn im Himmel sagen?
— Sie würde nicht in Himmel kommen: — die
Tugend aber, wie hart ist Sie zuweilen! — desto
herrlicher ihre Belohnung, — ihr Ende ist immer
angenehm. Itzt erschien Angelica. Sie mischte
ihre Thränen mit den Ihrigen. Euphron weinte
für Freude eine tugendhafte Tochter erzeugt zu haben; Freude und Sorge verursachten Wechselsweise Irenens Zähren, und nur der Kummer be-
förderte die Thränengüsse der Angelica. Sie be-
weinte den Tod ihres Mannes, den Verlust ihrer
Tochter, weil Sie sie nie wieder zu sehen glaubte.—

Da

Da Irene gieng, reichte ihr Euphron die Hand.
Der Himmel begleite dich! sagte er, er steure deine Schritte! Sorge nicht für mich, ich bin unter
dem Schutz des Himmels — bete für deine Eltern! — Nie, versetzte Irene schluchzend, nie soll
ich vergessen, Euphron sey mein Vater, und seinethalben hoffe ich die Beschützung des Himmels.
— Angelica hieng über ihren Hals so lange Sie
konnte, bis ihr's die Wache verbot, und folgete
Ihr alsdann mit den Augen, doch ohne eine einziges Wort zu sprechen. Mein Herr! sagte insgesamt die Wache, für uns haben Sie ihre Freyheit, denn wir können nicht Unschuldige leiden sehen. — Daß wir ihre Frau weiter zu gehen hinderten, geschah nur aus Zärtlichkeit. — Bleibet
dem Könige treu, erwiederte Euphron, thut was
euch euer Herr befiehlet. — Der vortreffliche
Mann! sagte der Kapitain, wäre ich an seiner
Stelle!

Zur bestimmten Zeit kam Nuschirwan zur Irene. Ohne ein Wort zu reden, giengen Sie durch
eine verborgene Treppe hinaus, und stiegen in einen geschlossenen Wagen mit sechs Pferden vor.—
Ach mein Vater! sagte Irene seufzend, indem Sie
in den Wagen stieg. Cosron hatte selbst unter
der Hand solche Anstalten gefügt, daß ihre Flucht
leicht und befördert wurde.— Des Morgens früh
unterhielt er auch den König mit solchen Dingen,
daß er erst nach vierzehn Stunden Irenens Flucht
gewahr

gewahr wurde. Nichts ist mit seinem damaligen
Zustande zu vergleichen; er drohte, stampfte,
sprang, knirschte mit den Zähnen, und Himmel
und Erde lud er zur Rache ein. Bald wollte er
Katun in Stücken zerhauen lassen. Sie hätte es
befördert — Bald hielt er sich an alle Menschen;
selbst wollte er Ihr nachfolgen, wohin aber? Nun
fiel es ihm aber ein, er habe die Entflohene zum
Euphron geschickt, der alte Schelm habe es ihr
angerathen, und gleich sandte er Ihm den Senja
um seine Aussage anzuhören. Euphron immer
gleich erhaben, immer ohne Zurückhaltung, sagte
alsbald, er habe Ihr zur Flucht gerathen, um sowohl der Sünde als der Schande zu entgehen.
Augenblicklich wurde er zum Tode verdammet: der
König verdammte ihn selbst, und Cosron stärkte
Ihn darinn, daß er die Hinrichtung unverzögert
geschehen lassen sollte. Kein einziger der Herren
im ganzen Rathe setzte sich dawider, obgleich einige ihre Stimmen leise gaben, weil Sie von der
Ungerechtigkeit des Anspruches in ihrem Herzen
überzeugt waren; die Furcht aber der königlichen
Gunst verlustig zu werden, galt bey ihnen mehr
als das Gewissen.

Cosron, der der Carmanischen Wache nicht
gänzlich trauete, ließ dieselbe von so vielen Mansuren als er hatte, deren Zahl aber sich nicht über
vierzehn belief, ablösen; alsbald wurde Euphron
ausgeführt: er gieng zwischen seinen Hütern, als
ihr

ihr Befehlshaber mit selbigem Gesichte, als er zur
Rathsversammlung zu gehen pflegte. — Ein un-
zählbarer Haufen Menschen folgete Ihm, in einer
tiefen und erschrecklichen Verschwiegenheit, nach;
drey Regimenter Fußvolk schlugen einen Kreis um
den Richtplatz. Als Ihnen Euphron vorbey gieng,
nahm er seine Mütze ab, grüßete Sie mit einer
freundlichen Mine, und rief: Betet euren König
und das Vaterland! — Mit männlichen, sichern
und gleichen Schritten, stieg er itzt die Treppen
hinan, — die Kriegsleute murmelten, und plötzlich hörte man eine allgemeine Stimme Euphron,
unser Vater stirbt! Nun war Euphron oben —
der Scharfrichter warf sich zu seinen Füßen, und
bat ihn um Verzeihung. Mein Freund! sagte
Euphron, Du thust nur deine Pflicht. — Jähling hob sich der Scharfrichter auf, nahm das
Schwerdt, und stürzte es zum Blutgerüste hinab—
Meine Hände, schrie er, sollen sich nie mit dem
Blute dieses Rechtfertigen besudeln. — Im Augenblicke hörte man ein erschreckliches Geschrey,
„der Scharfrichter ist gerechter, als der König und
der Rath! verflucht sey Cosron und alle Mansurer! fort mit dem weibischen Sapor! lange lebe
Euphron unser König!“ — Umsonst zeigete Ihnen
Euphron mit der Hand, Sie sollten gehorchen,
und sich dem Willen des Königes ergeben. —
Niemand sah — Niemand hörte ihn — die Menge kletterte die Treppen hinauf, und unter tau-
sendfachem Freudengeschrey wurde er bis zum
Schloße,

Schloße, auf den Händen getragen. Lange lebe
Euphron unser König! schrieen Sie, nun erwa-
chet Carmaniens Glück!— Umsonst bat er, schrie,
rang die Hände, weinete, drehte sich hin und
her, nichts half.— Alle waren seinen Ermahnungen taub. Er überredete endlich einige der vornehmsten Krieger, sich zum Schloße zu begeben,
und die Person des Königes wider den rasenden
Pöbel zu schützen. — Einige desselben, rissen unterdessen das Schaugerüste nieder, so daß kein
Stecken zurücke blieb. Andere liefen nach dem
Pallast des Cosron mit Fackeln in der Hand, um
ihn in Brand zu stecken, und den Verräther ums
Leben zu bringen. Vernünftigere aber verhinder-
ten wiederum das erste. — Nach Cosron suchte
man überall, man fand ihn aber nirgends, bis
ihn einige, die im Weinkeller den Wein zu kosten
kommen, aus einem leeren Weinfaße hervorzogen,
und Ihm mit vielfältigen Stichen das Leben nah-
men, so sehr er auch für sich bat — so sehr er ge-
stund, er sey ein Verräther, und so sehr er versprach, Carmanien zu verlassen, und nie wieder
dahin zu kommen. Der aufgebrachte Pöbel rühr-
te übrigens nicht das mindeste im Pallaste des
Cosron, und verhöhnte weder seine Frau noch
seine Kinder. Edelmüthiger in ihrem wüthende-
sten Eifer als der frostige Hofmann in seiner krie-
chenden Heucheley. — Nun war Euphron auf
dem Schloße, mit Kränzen beladen, welche das
für Entzücken frohe Volk auf ihn geworfen, und
mit

mit Segen überschüttet, den ihm die länger ab-
stehenden zugetheilt hatten. Ja viele die für
Freude nicht sprechen konnten, warfen ihm mit
den Händen Küße zu, und kleine auf den Armen ge-
tragene Kinder lalleten seinen Namen nach. Im
Schloße eingetragen, und mit Gewalt auf den
königlichen Thron gesetzt, bat Euphron das Volk,
Ihm ein wenig Ruhe zu vergönnen, da sowohl seine
durch so viele Abwechslungen erschütterte Seele
als sein Körper derselben höchstens bedürfte. Das
Volk gehorchte, im Weggehen aber schrie es: Du
entgehst nicht unser König zu seyn — Darauf
hielten sie sich ganz stille, und der Abend und die
darauf folgende Nacht war so ruhig, als wenn
sich nichts zugetragen hatte. — Sobald Euphron
sich alleine befand, begab er sich nach dem Gemä-
che, wo er den König zu finden wußte. Unter-
wegens begegnete er seiner Frau. Sie fiel ihn
um den Hals und weinete. Der Himmel, sagte
Sie, beschützet doch die Unschuld. Nun erhieltest
Du Rache über Cosron, nun muß dich Sapor um
sein Leben flehen, und wo Du willst, so gehöret
Dir sein Thron. Ich habe einen Boten nach Jrenen geschickt, um daß Sie kommen, das Schloß
in Besitzung nehmen, und Saporn und ihre Feinde, denen Sie itzt Gesetze geben darf, beschämen
soll. — Jrene, sagte Euphron, soll nach unsrer
Hütte kehren, und hier kein Aergerniß machen;
Sapor ist und bleibt sowohl dein als mein König,
und wir seine Unterthanen. — Auf eine unerwar-

tete,

tete, auf eine unerwünschte Art hat mir Gott das
Leben geschenkt. — in der Stille aber muß man
das Dunkle der Vorsicht anbeten. — Den arm-
seligen Cosron beklage ich. — Daß ihm doch seine letzten Seufzer Gnade bey Gott verschafft haben mögen! — Und nun Angelica! nun gehe ich
hier, um Saporn auf seinem Thron zu befestigen.
— Du willst also nicht König seyn? schrie Angelica, soll dann deine Tugend unbelohnt bleiben?—
Was Recht haben wir zum Reiche? versetzte Euphron, das Blut alter Könige rinnet in Sapors
Adern; Friede mit der Welt, mit seinem Gewissen, mit sich selbst, mit Gott, ist die Belohnung
der Tugend, und Sie erkennet keine andre. —
Allein, verweile mich nicht länger — und so entriß er sich ihren Armen. Da er in des Königes
Gemach hineintrat, kam ihm Sapor bebend entgegen, und warf sich ihm zu Füßen. — Ich habe
den Tod verdient, sagte er; sieh! mein Leben ste-
het in deiner Hand, behalte den Scepter, dessen
Du würdiger bist als Ich, und laß mich in einem
abgelegnen Winkel leben. Euphron hob ihn alsbald auf, umarmte und drückte ihn in seine Armen, und lange unterbrachen Thränen seine Worte — Sie weinten Beyde. Mein König! stot-
terte zuweilen Euphron; mein Vater! lallete Sapor — endlich sagte Euphron: Es schmerzet
mich diesen Tag erlebt zu haben, und hätte mich
nicht die Wohlfahrt meines Königes und meines
Vaterlandes bewogen, so wünschte ich lieber mei-

nen

nen Kopf vor des Scharfrichters Schwerdt gelaſ-
ſen zu haben. — Hier weinte Sapor herzlich —
Du biſt König, und nie warſt Du nicht der Meinige. Hier wollte einer der Officiere reden, mit
einem gebieteriſchen Geſichte aber ſagte Euphron,
ſchweigt! — Dem Könige, fuhr er fort, habt
Ihr einen Eid geſchworen, erneuert ihn, Ihm,
und ſeinen rechtmäßigen Abkömmlingen. — Euphron las ihnen den Eid vor, und Sie wiederhol-
ten denſelben. Allein, dieſes Gemach iſt nicht für
den König, er begebe ſich zu ſeinem eignen, und
ſetze ſich auf den Thron ſeiner Väter: und Ihr,
ſagte Euphron zur Wache, bewachet die Eingänge
wohl. — Theils aus Furcht, theils aus Schamhaftigkeit, theils aus wahrer Buße und Reue folgete ihnen Sapor zitternd nach. Als Sie alleine
waren, überführete Euphron den Sapor ſeiner
Verſehungen, und Sie ſprachen ſich ſo vertraut,
als vor Zeiten. — Was aber Euphron meiſt
freuete, war, daß er den König ſehr geneigt fand,
ſich mit ſeiner Gemalinn zu verſöhnen, denn dieſe
Begebenheit entblendete den König, und ſeine Liebe zur Irene verwandelte ſich in Hochachtung. —
Euphron führte den König bey der Hand ins Gemach der Königinn; — beym Eintritte warf ſich
Sapor vor der Königinn nieder, und küßte ihre
Hände. Deine Gerechtigkeiten, deine Tugend,
deine Schönheit, und am meiſten dieſer unſer Vater führet mich zu meinen Pflichten zurück. —
Führet mich wieder zu Dir. — Katun hob ihn
E   nicht

nicht auf. Iſt auch dieſe Veränderung aufrich-
tig? ſagte Sie, wird nicht Irene zurück kommen?
— Eine gute Frau, ergriff Euphron das Wort,
zweifelt nie an den Gelübden ihres Mannes, und
willig umarmt Sie ihn, wenn er zurücke kömmt.
— Sogleich hob ihn die Königinn auf: umarmte und küßte ihn. Unſer Vater, ſagte der König,
hat es ſo verfügt, daß ſeine Tochter gerade nach
ſeiner Landwohnung verreiſete: ſo ſehr iſt er auf
unſern Frieden bedacht. Ich thue nur meine
Schuldigkeit, verſetzte Euphron. Nun verabre-
dete man, Euphron ſollte den folgenden Tag das
Volk zuſammen rufen, um Demſelben ſeine Pflichten anzuzeigen.

Früh des Morgens ſammelte es ſich, und
Euphron zeigte ſich demſelben auf dem Altane über
die Schloßpforte. Sobald er ſich ſehen ließ, rief
das Kriegsheer und das Volk einſtimmig, lange
lebe Euphron unſer König! — Dieſes Getöſe
konnte kaum von Einigen, mit denen Euphron ſich
verabredet, und ſeines Vorſatzes wegen unterrichtet
hatte, geſtillt werden. Da alles ruhig war, ſagte Euphron. Ich bin euer König nicht, ich bin
Unterthan, ich bin nicht dazu geboren, und ich
will's auch nicht ſeyn. Sapor iſt euer König. —
Sapor iſt ein Rohr, ſchrie das Volk, er verſteht
nicht zu regieren. Durch Dich iſt Carmanien
glücklich, Du ſollſt unſer König ſeyn! Nein, erwiederte Euphron, ich kann mir nicht dasjenige
zueignen,

zueignen, wozu ich kein Recht habe. — Das
Volk giebt dir das Recht, schrie man. — Sapor
hat nicht verdienet abgesetzt zu werden, antwortete er, hat er sich in Etwas versehn, so geschah
es aus Jugend, und durch böse Rathgeber: es
soll aber nie wieder geschehen, seine Erziehung ist
auch Bürge dafür, und Cosron ist dahin. — Ein
neuer Cosron, sprach man, könnte entstehen, und
dann wird deine Erziehung eben so wenig wirksam
als vorhin. — Dem Könige, sagte Euphron,
habt ihr einen Eid geschworen, und demselben
könnt ihr nicht entsagen, außer wenn ihr im Sinne habt, euern Glauben und den Gott eurer Vor-
fahren zu verlassen. Die dieses wollen, verlangen mich itzt zum König. — Das Volk verstumm-
te. — Euphron öffnete die Thüre vom Altane
zum Schloße, und Sapor trat hinein. Da knie-
te Euphron vorm Könige, laut las er den Eid
auf, und das ganze Volk wiederholte denselben.—
Euphron stand auf— Nun kenne ich meine Landsleute, die edlen Carmaner wieder, (sagte er,) un-
veränderlich in ihrer Treue gegen Gott, das Vaterland, den König und das Haus des Königes.
— Demungeachtet riefen einige wenige, Du wärest würdiger, unser König zu seyn, weil Du es
doch nicht seyn willst. — Sapor hielt nachher eine
kurze Rede, worinn er versicherte, hinführo nach
den Landsgesetzen zu herrschen, die festgesetzte Religion bey Macht zu halten, sein Volk zu lieben,
und mit folgenden Worten beschloß er seine Rede.

E 2　　　　　　Alles,

Alles, was ich itzt versprochen, will ich halten, so wahr ihr mich heute aufs neue zum König gemacht, so wahr ich will, Gott solle mir gnädig seyn. Nun jauchzete das Volk, lange lebe der König, und Euphron unser Vater! Der König wollte die Hälfte des Schatzes nachgegeben haben, Euphron aber entrieth's Ihm, weil es eine Schwachheit verrathen konnte, und wollte, er sollte es bis zu einer andern Zeit verschieben, wenn es alsdann der Zustand der Schatzkammer erlauben wollte. Sapor fiel selbst darauf, daß diejenigen, die itzt im Rathe waren, es nicht länger seyn sollten, weil Sie seiner Vertraulichkeit mißbraucht: daß es hingegen, Nuschirwan, Phocas, Euphron, und die übrigen von Cosron verjagten, weit eher verdienen mußten. Euphron gab ihm hierinn Beyfall, zugleich aber bat er sich aus, daß er selbst zu seiner Hütte kehren, und seine rückständigen Jahre zur Betrachtung seiner selbst anwenden möchte. Will uns unser Vater verlassen, sagte der König, so missen wir den besten Rath, und sind Vaterlos; mein Rath versetzte Euphron, soll immer gegenwärtig seyn — Auch habe ich einige kurze Betrachtungen entworfen, durch deren Hülfe und durch Berathschlagung der Weisen des Rathes, der König und das Volk immer glückselig verfahren können. — So sehr ihn auch der König und die Königinn zu bleiben baten, war er doch unbeweglich, und da nichts helfen konnte, so wollte endlich der König, er solle große Geschenke und

Land=

Landgüter empfangen. — Mäßigkeit, erwiederte
Euphron, ist mit wenig zufrieden; mein geringes
Vermögen ist hinreichend, mich und meine Familie
zu unterhalten. Schwache Seelen begreifen kein
Glück ohne Reichthum — Das was ich bekommen würde, würde man der Vertheidigung des
Landes, der Unterhaltung des Ackerbaues, und
den fleißigen Bürgern entwenden. Behüte mich
Gott, daß ich mit Seufzern beladen abreisen sollte! — Kein Minister denket so, sagte der König,
nie können Sie Pension genug erhalten. Derowegen, antwortete Euphron, sind sie auch nur
Minister, und keine Bürger, ihre eigne und nicht
die Diener des Landes. — Welche Tugend! rief
der König, unglaublich in unsern Zeiten; für die
Zukunft eine Fabel. — Unglücklich, sagte Euphron, wenn Uneigennuß und Ehrlichkeit für un-
gemeine Tugenden angesehn werden, da sie doch
Schuldigkeiten sind, die ein jeder ausüben sollte:
sie gehören so gar zum Charakter gemeiner Menschen. Standhaftigkeit des Gemüths aber im
Glücke und Unglücke, Demüthigkeit im Wohler-
gehen, eine erhabne Seele im Drangsale, Geduld,
ja Freude im Leiden, weder Furcht vor, noch
Sehnsucht nach dem Tode, Abscheu mehr zu scheinen als man ist, unverzagter Muth in Gefahr,
Kaltsinnigkeit in unerwarteten Zufällen, reine und
unheuchlerische Gottesfurcht, — ein Gemüth das
sich nicht durch die glänzenden Eitelkeiten, durch
die betrügerischen Anlockungen des Hofs, durch

E 3   das

das Schmeicheln der Hofleute und der Freunde, vernarren läßt — ein Gemüth, das weder aus Freundschaft noch Feindschaft das geringste Unrecht begeht, — das sich durch nichts von seiner wohl überlegten Meynung rücken läßt, — siehe! solche Eigenschaften machen den Helden. Weh dem Lande, wo Ehrlichkeit und Uneigennutz für seltne Tugenden angesehn, und weh Ihm doppelt, wo dieselben belachet und bespottet, — wo Arglistigkeit, Verschlagenheit, und Eigennutz, mit Verwunderung beschauet, als Kunstgriffe gelobt, unbestraft, ja gar belohnt werden! Ein solches Land ist aller Tugend entblößet, es neiget zum Untergange, und es kann nicht ohne durch eine Staatserschütterung und eine veränderte Regierungsart gerettet werden.

Angelica überhieng den Euphron mit Thränen, er sollte nicht den Hof verlassen, und dem Könige dadurch Gelegenheit geben, aufs neue ins Laster zu verfallen. Hiemit sagte sie, handelst Du ja wider deine eigne Grundsätze, daß ein jeder seinem Vaterlande zu dienen verbunden sey. — Ich diene demselben mehr wenn ich gehe, sagte Euphron, als wenn ich bleibe. — Das begreife ich nicht, gab Sie zur Antwort. Phocas ergriff das Wort: Einen Mann, den das Volk hat zum Könige machen wollen, und dessen Tugend allein Ihm diese Würde versagte, einen solchen Mann sieht man nicht gerne, — sein Rath ist Befehl,
und

und ein König läßt sich nicht befehlen. Ueber die Menschheit erhabne Tugend, drücket diejenigen zu sehr, die sie nicht besitzen — Sie wünschen, sie wäre nicht zu und zur letzt läugnen Sie sie sogar. — Durch sein Beyspiel, durch seine hinterlaßne Schrift, durch den Rath, den man gemeiniglich bey Ihm suchet, ist Euphron abwesend, die Seele des Rathes, — gegenwärtig aber könnte Sapor sich abermals wider ihn vergreifen, so unglaublich es auch itzt scheinen mag. — Ich selbst bin nun bereit allen Sätzen des Euphrons zu folgen, denn selbst in Ansehung des Landwesens hat er mich auf seine Gedanken gebracht, und nur in diesem einzigen Stücke waren wir doch vorhin uneinig. — Warum aber nimmt er nicht die Gaben des Königes entgegen? sagte Angelica, warum in einem mittelmäßigen Zustande leben, wenn man im Ueberflusse leben kann? warum nicht für seine Kinder sorgen? — Leben meine Kinder wie Ich, so leben Sie zufrieden, und Irene ist so alt, daß Sie ein Mann versorgen muß. — Wenn erhielt ein armes Fräulein einen Mann? — lieber einen Mann entbehren, als denjenigen zu erhalten, der uns nicht unsertwegen nimmt, — und Simon ist noch jung — er arbeite wie Ich. Was den Ueberfluß betrifft, so weißt Du, nie hielt ich denselben für ein Gut, und Armuth hielt ich nie für ein Uebel.

Eh

Eh ich aber weiter gehe, will ich dem Leser
die kurzen Regierungsregeln vorlegen, welche Euphron dem Sapor gab.

1. Ehre stets die Religion, und die Diener
derselben: Belohne die besten, denn sie sind die fe-
stesten Stützen des Staats.

2. Setze Preis auf Gelehrte: dein Lob, das
Wohl und das Ansehen des Landes beruhet auf
Sie. Nimm Niemand zu wichtigen Aemtern an,
ohne er habe Känntniße.

3. Laß einen jeden ungehindert Religionsfrey-
heit genießen, und wiße, Niemand als Gott richte die Herzen.

4. Laß einem jeden denken, reden und schrei-
ben, was er will; Könige erfahren dadurch die
Wahrheit am besten. Die Minister fürchten dieses, weil Sie für erleuchtetre Fürsten bange sind,
und wollen nicht, daß die Klagen des Volkes gerade, oder durch andere als Sie selbst, vor den
König kommen sollen.

5. Sollte ein Privatmann, sich durch den
Mißbrauch dieser Freyheit beleidiget finden, so stehen die Gesetze für Ihn so wohl als für den König offen, der sich aber derselben, in diesem Falle,
nur sehr selten und in sehr bedeutlichen Zufällen
bedienen muß; denn oft und in unbedeutlichen
Sachen gebrauchte Anklage, wegen der Versehung
wider

wider die Majeſtät, verfällt zur Tyranney. Weder bey dieſer noch irgends bey einer andern Gelegenheit muß ſich der König eines andern, als
des ordentlichen Gerichtsweges bedienen, denn
alle übrige ſind verhaßt, verdächtig, und Hand-
langer der Tyranney.

6. Halte Gleichgewicht zwiſchen den Ständen; den Adel brauche inſonderheit zu Kriegs- und
Hofbedienungen, den Mittelſtand zu allen bürger-
lichen und juridiſchen Aemtern; gönne ihnen aber
allen, die Freyheit.

7. Auch dieſer Freyheit muß der Bauer genießen, und leider! in deinem Lande genießt er ſie
noch nicht. Die Freyheit beſteht darinn, daß er
ſein eigen Feld bauen, daß er nicht, als nach den
Geſetzen verurtheilt werden, und daß er unverhin-
dert, ſich, wo er will, im Lande niederlaſſen mag.
Um hierzu zu gelangen, mußt Du erſt den Bauern
auf deinen eignen Gütern, dieſe Freyheit ſchen-
ken; — durch Aufmunterungen, durch Ehrenzeichen, mußt Du nachher die Eigenthumsherren
hieher locken, ihnen nach und nach ihre Eigenthü-
mer abkaufen, und alsdann die Bauern in Freyheit ſetzen. — Da aber ein jeder ſeine Erde mit
ſelbigem Rechte beſitzet, als Du dein Königreich,
ſo mußt Du dieſes nicht durch Verordnungen
auswirken, und zugleich mußt Du Dir feſt eingeprägt haben, ein König habe nicht die Macht al-

E 5　　　　　　　　les

les zu thun, was er will, allein schlechterdings nicht mehr als was Recht ist.

8. Beschwere nicht den Handel mit großen Auflagen, gieb vielmehr die Hälfte derjenigen nach, welche ihn izt drücket. Dann wirst Du so wohl selbst mehr im Zolle bekommen, da alsdann geringe oder gar keine Zollentrichtungen geschehen, und deine Unterthanen werden reich, hurtig, arbeitsam, und Du dabey stark und mächtig.

9. Sammle daher keinen Schatz: das Geld kömmt dadurch aus dem Gange; deine Schätze werden in den Behältnissen deiner Unterthanen am besten verwahrt.

10. Gleichfalls hüte Dich aber für Schulden, und hast Du welche, so thue, wie ich gethan; bezahle erst die Ausländischen, und nachher die Einheimischen. Der Mangel an Einsicht nur, oder auch der Eigennutz richtet es anders; denn die Schuld an deinen eignen Unterthanen ist eigentlich keine Schuld für Dich oder für den Staat, und nur durch die ungleiche Austheilung der Reichthümer zwischen den Bürgern, wird sie schädlich, weil eine solche nicht mit Schatz belegt werden kann.

11. Lege nie einen Kopfschatz auf, denn so giebt der Dürftige so viel als der Reiche, das ist tausendmal mehr.

12. Ueber-

12. Ueberlege einen jeden Schilling den Du ausgiebst, denn durch den Schweiß, ja oft durch den Seufzer deiner Unterthanen ist er erworben; — in dieser Absicht halte einen mäßigen Hofstaat, und schränke deine Ergötzlichkeiten ein.

13. Laß keine Lotterien in deinem Lande statt finden: denn Sie verderben die Sitten, und tödten die Emsigkeit.

14. Bist Du in Schulden, so laß deinen Unterthanen wissen, wie groß sie seyen, und wie viel Du glaubst, das Land jährlich darauf abzubezahlen vertragen kann. — Dieses Vertrauen will Dir das Herz eines jeden gewinnen, und Sie werden Dir mit freywilligen Gaben zuvorkommen. Und so thue in allen Gelegenheiten, wenn Du einer außerordentlichen Hülfe bedarfst, denn Du beherrschest nicht, sondern Du verwaltest nur das Vermögen deiner Unterthanen.

15. Lohne deine Bedienten wohl, bestrafe sie aber streng, wann Sie Dich und das Volk bestehlen, oder hintergehen sollten.

16. Sieh diejenigen als schlimme Bedienten an, die entweder geradesweges selbst, oder durch die zweyte und dritte Hand, Verbeßrung ihres Lohnes oder Geschenke verlangen, so bald sie einen guten Lohn haben, oder sonst in guten Umständen sind: und Nothdurft ist der Maaßstab des guten Lohnes und der guten Umstände.

17. Ver-

17. Verpachte nie deine Einkünfte, denn scheint's auch), als gewinne deine Schatzkammer dadurch, so nimmt doch anderseits die Zahl der Armen zu; und Einige schwimmen im Reichthum, indem Andre nicht das trockne Brod haben, und mit Frau und Kindern werden Dir diese auf jenen großen Gerichtstag begegnen, und lassen Dir dann deine Heuchler helfen.

18. Setze es als eine unveränderliche Regel, und präge es tief in deinem Herzen, der Wohlstand befördre die Arbeitsamkeit deiner Unterthanen, ihre Wohlfahrt sey die Deinige, — die Freyheit befördre die Stärke des Staats, und deine eigne Sicherheit, und Sie erwerbe Dir die Liebe deiner Mitmenschen und Mitbürger. Und welche elende Lust über Sklaven zu herrschen!

19. Laß alle Waaren, die häufig in deinem Lande wachsen, und daselbst verarbeitet werden, insonderheit Nahrungsmittel, unverändert ein- und ausgeführt werden; dadurch wird der Mangel verhindert, Theurung vorgebeugt, der Kaufmann erheitert, und der Preis wird leidlich, so wohl für den Land- als für den Handelsmann.

20. Die Waaren dahingegen, die selten oder vielleicht zum Theil gar nicht in deinem Lande zu bekommen, und die deswegen weniger nothwendig sind, sollst Du, den Umständen nach, einschränken, um dadurch Handarbeiten aufzumuntern.

21. Um

21. Um deine Unterthanen zur Fleißigkeit zu gewöhnen, so brauche und genieße selbst nichts, als was in deinem eignen Lande vorfällt; deine Hofmänner werden Dir alsbald nachahmen, und deinen Hofmännern, die Bürger.

22. Die zwo vornehmsten Stellen in deinen Reichen mache zu Freyhäven: das ist, befreye alle Schiffe von Auflagen und Untersuchungen — und laß die Waaren, die in deinem Lande nicht verbraucht werden dürfen, in den Kaufmannsmagazinen aufgehoben, und zu andern Ländern ausgeführt werden.

23. Verbiethe übrigens alle Monopolia; halte aber deren Jahrgang heilig, und laß es erst verstreichen. Denn wer würde Wort halten, wenn es der König nicht hielt.

24. Verkaufe deine Landgüter nicht. Das Geld, was Du zu gewinnen glaubst, gewinnest Du von deinen eignen Unterthanen, und bist Du reich, wenn Sie arm sind? das Geld vergeht bald, denn solcherweise begehrt man es nicht, außer wenn die Schatzkammer in Verlegenheit; verwüstete Bauer hingegen und ausgehauene Wälder bleiben lange zurück. —

25. Mache keinen Unterschied zwischen den Unterthanen deiner beiden Reiche, und deiner andern Staaten, insgesamt sind sie deine Kinder, und alle haben Sie gleich Recht zu deiner Liebe.

Sieh

Sich keinen derselben an als Fremd. Die von den zwey erstern wende wechselsweise in deinen beiden Reichen an; einen Carmaner in Sartine, und einen Sartiner in Carmanien: denn Beide sprechen Sie einerley Sprache— Da aber die in deinen andern Staaten eine andre Sprache sprechen, so brauche Sie hauptsächlich in ihren eignen Ländern.

26. Beide diese Sprachen mußt Du verstehen, und beide müssen Sie an deinem Hofe gesprochen werden, am öftersten aber die Sprache deiner Reichen, weil Du und die mehresten deiner Unterthanen daselbst wohnhaft sind. Das Kriegsheer aber in deinen Reichen muß nicht aus Aprigisch geübt, und die zu deinen Festungen anlangenden Reisende müssen in dieser Sprache eben so wenig befragt werden, als die Apriger auf Carmanisch.

27. Im Frieden denke an Krieg: halte daher deine Flotte und deine Armee im Stande. Verbündniße gelten nicht, außer in so weit deine Macht das Verbündniß geehrt machet.

28. Deine Armee bestehe größtentheils aus Eingebohrnen und Bauern: diese aber müssen erst auf freyen Fuß gestellt seyn, denn eine Armee von Sklaven ficht schlecht.

29. Halte denjenigen für deinen Freund, der Dir die Wahrheit saget, denn ohne Vortheil setzt er sich in Gefahr, sich deinen Zorn aufzuladen. —

Die-

Diejenigen, die Dir nach dem Munde sprechen, sind deine Feinde und Verräther des Landes.

30. Die sich allmählig, ohne durch ihre Bedienungen dazu verbunden zu seyn, an deinem Hof zeigen, sind entweder Bettler oder Sie lauren auch auf Dich. Die selten dahin kommen, ihre Pflichten aber und ihr Amt beobachten, sind deine und die Freunde des Landes.

31. Gieb Bettlern nichts, ohne wenn Sie arbeiten, Du nährst dadurch den Müßiggang. — Um diesem vorzubeugen, so errichte überall Werkhäuser für die Gesunden, und Spitäler für die Kranken.

32. Gestatte keine Klöster. Sie zeugen privilegirte Bettler, und wüsten das Land, so weit es in ihrer Macht steht. Die Einkünfte derselben wende lieber zur Beförderung des Ehestandes an.

33. Befördre die Schulen: daselbst wird der Grund zum Besten des Landes gelegt; — verschaffe den Lehrern eine anständige Unterhaltung, und schenke den Stiftungen Büchersammlungen, mathemathische Instrumente, Modellen und Naturalien — ein Lehrer ist würdiger als ein Titulair Geheime Rath.

34. Vertheile keine Titel blindlings, oder des Geldes wegen. Sie schwächen Ehre und Emsigkeit,

keit, die Gründe des Staats, und Sie befördern Ueppigkeit, die Verwüsterinn deſſelben, ein jeder unwürdig titulirt, verunehret Dich.

35. Setze keinen Fremden (die Apriger ſind nicht fremd) in hohe Bedienungen; zur letzt betrachten ſie ſich ſelbſt als ächte Kinder, und die wirklichen verjagen Sie. —

36. Dein Rath beſtehe aus Perſonen aller Stände: warum juſt nur aus dem Adel? dieſer Stand mißgönnet Dir am meiſten deine Macht, und ſcheint er dieſelbe zu verbreiten, ſo geſchiehts nur, wenn er merkt, Du ſeyeſt ſchwach, um unter deinem Namen herrſchen zu können. Du regiereſt ja auch über geiſtliche, Bürger; laß darum Geiſtliche und Bürger im Rathe ſitzen, ſelbſt Bauern ſchließe ich nicht aus, wenn Du unter ihnen bequeme finden kannſt.

37. Beßre hauptſächlich die natürlichen Produkte deines Landes, Sie beſtehen in Korn, Hornvieh, Wäldern, Bergwerken, Fiſchereyen, und im Handel, und da Sie dem letztern ſo bequem liegen, ſo iſts eine Schande, daß hierinn dein Volk, allen andern ſo ſehr nachſtehen muß —

38. Wenn Du ſolchergeſtalt dein Reich von binnen im Stande geſetzt, ſo iſts erſt Zeit, (wo ſonſt jemals dazu Zeit werden ſollte) an weit entfernte Anſchläge und weit entlegne Länder zu denken.

ken. Eine gar zu ausgedehnte Macht, deren Aeste sich weit von einander breiten, fällt zur letzt durch seine eigne Schwere, und stürzet so gar den Stamm.

39. Laß einen jeden, selbst den Geringsten, freyen Zutritt zu Dir haben, und bestimme ihnen gewisse Stunden. — Der Minister, der jemanden vor Dir zu kommen hindert, oder eine Bittschrift verbirgt, sollte ohne Gnade abgesetzt werden.

40. Laß deinen Prinzen, wo Dir Gott einen bescheret, genau die Länder kennen lernen, welche er einst beherrschen wird; und wenn es sein Alter erlaubet, so laß Ihn in allen Rathsversammlungen, in allen Collegien, erst als Zuhörer, und alsdann als Rathgeber, gegenwärtig seyn.

41. Errichte eine hohe Schule in deinem andern Reiche Sartine, und laß weder Staatskunst noch Mißgunst, Dich davon abbringen. Beide Reiche müssen einerley Gerechtigkeiten haben, und deine Ehre und dein Vortheil ist es, über erleuchtete Völker zu herrschen.

42. Ueberlege alles dieses auf das genaueste, vergiß es nicht, und laß es nicht damit, wie mit

F
so

so vielen guten Vorschlägen gehen, welche nur auf dem Papiere stehen bleiben.

Euphron blieb nach diesem nur wenige Tage am Hofe. Da reisete er samt seiner Frau, mit den Thränen des Königes, des Volkes, der Guten, der Bösen, ja seiner Feinde begleitet, davon. Einige der letztern weinten, vielleicht, weil Sie ihn für größer, als sich selbst erkennen, und weil Sie Ihn für ihre Wohlfahrt, für ihr Amt, und für alles danken mußten: denn er rächete sich über Niemand, selbst nicht über Senja. Darinn aber waren Sie alle einig, Carmanien habe und werde vielleicht nie, seines gleichen schauen. Der König fuhr glücklich zu regieren fort, so wohl er als seine Minister hielten oft beym Euphron um Rath an, und ohne Neid und ohne Verdruß, gestunden Sie alle, er verstünde mehr, als Sie. Nuschirwan bewarb sich um Irene, Angelica war sehr für diese Parthey: Irene aber unterwarf sich dem Willen ihres Vaters, und Niemand vernahm, ob Sie in ihrem Herzen eine geheime Neigung zum Nuschirwan trug. Euphron sagte, es wäre weder klug noch anständig, Irenen abermals dem Hofe vorzustellen; es wäre nicht genug, unschuldig zu seyn, man müßte so gar dafür gehalten werden, und sich dergestalt aufführen, daß nicht der geringste Argwohn statt finden könnte. Zwar erbot sich Nyschirwan den Hof zu verlassen, und

bey

bey Ihm in seiner Hütte zu wohnen, er antwortete
aber, er erlaube nicht, daß der König und das
Land, einen getreuen und tüchtigen Diener verlieren sollte. Rabonassar, Phocas Erstgebohr-
ner, freyete endlich um Irene. Er besaß ein
Landgut in der Nachbarschaft, er liebte die
Bauern, als ein Vater seine Kinder, und insgesamt hatte er ihnen die Freyheit geschenkt. Aus-
serdem war er ein junger schöner Mensch, und
hatte beschlossen seine Zeit, auf seinem Guthe
zuzubringen. Euphron bestätigte diesen seinen
Vorsatz, und sagte, es fänden sich keine nützli-
chere Personen im Lande, als die, die ihre Güter
bewohnen, besehen, verbessern, und ihre Unter-
gebne lieben: denn, setzte er hinzu, Glückseligkeit
verbreiten Sie über ihren ganzen Umkreis, und
glückselig ist das Land, das viele ähnliche besitzet!
— Angelica war just nicht sehr vor dieser Ehe.
Irene aber nahm sie mit einer bescheidnen Freude
entgegen, froh, weil es ihrem alten Vater gefiel,
froh, weil Sie Rabonassarn hochachtete.

Fünf und zwanzig Jahre lebte Euphron in
dieser stillen Ruhe, und durch seine Anschläge sah
er das Reich blühen; — er hielt sich bey seiner
Familie auf; freuete sich mit seinem Garten, mit
Lesung guter Bücher, und mit Erziehung seines

ein-

einzigen Sohnes, und seiner Tochter-Kinder. —
Angelica starb drey Jahr vor ihm. Er ertrug
ihren Tod als ein Christ, und da er nun auch
merkte, er würde das Zeitliche verlassen, ließ er
seine ganze Verwandschaft zu sich rufen. Sie
kamen, knieeten vor seinem Bette, küsseten seine
Hände, benetzten Sie mit Thränen, und verlang-
ten seinen Segen. Nachdem Sie denselben erhalten, fuhr er fort, und sagte: Nun fahre ich
dahin, meine Freunde! nachdem ich so wohl
Wohlfahrt als Trübsal in dieser Welt geprüfet.
Gott hat mir die sonderbare Gnade verliehen, daß
ich mir nichts vorzuwerfen habe; nichts, was ich
itzt un- oder umgethan wissen wollte: demungeachtet aber bin ich doch nicht gerecht vor Ihm,
denn ich habe nichts gethan, als was ich thun
mußte. Meine einzigste Zuflucht also, ist zum
Verdienste Jesu, er, der meine Rechtfertigkeit ist.
Lebet stets in seinem Glauben, um daß ihr auch
in demselben sterben könnet. Fliehet das Große,
strebet aber, alles mögliche Gutes in Eurem
Kreise zu thun. Und Du, mein Sohn! gieb
dich nicht in Hofdiensten, oder suche keine Aem-
ter im Staate, bevor einer genauen Selbstprü-
fung, ob Du dich auch im Stande findest, etwas
gutes auszurichten; und ob Du Haß, Veracht,
Verfolgung, Undankbarkeit ausstehen kannst,
ohne

ohne dadurch zur Verlaſſung des rechten Weges
überredet, und vom Gutthun überdrüßig zu
werden. Findeſt Du dieſes, ſo biſt Du auch
deinem Vaterlande auf dieſer großen Bahne
Dienſte zu leiſten ſchuldig; wo nicht, ſo diene
demſelben auf geringere. Ueber allen aber hal-
tet immer Gott vor Augen, und gedenket ſtets
der letzten Augenblicke des Lebens. Lebet aber
ſo wie Ihr zu leben gewünſcht, wenn Ihr aus
der Welt gehen, nnd zur Rechenſchaft gefodert
werden ſolltet. Gott! verleihe mir die Gnade
mit Euch allen im ewigen Leben zuſammen zu
kommen! Herr! ich erwarte deine Seligkeit!
Herr Jeſus! komme bald, und erlöſe mich.
Bleibe in mir, um daß ich in Dir bleiben mag!
und mit dieſen Worten faltete er ſeine Hände,
machte eine ſanfte Bewegung, und ſtarb. —
Sein Sohn, ſeine Tochter, ihr Mann und ihre
Kinder weinten alle, aber leiſe. Sie dankten
Gott, daß Er ihnen ſo lange ihren Vater ver-
gönnt hatte. Sie wünſchten ſich den Tod dieſes
Chriſten, doch nicht anders, als wenn Sie gelebt
hatten, wie Er. Kurz, in allem folgten Sie
Euphrons Ermahnungen; König und Volk be-
dauerten den Verluſt ihres Vaters, und zur Ehre
deſſelben ließ der König mitten auf dem Markte,

eine

eine prächtige Marmorfäule, mit folgender Aufschrift, aufrichten.

Für Euphron.
Den Vater des Landes und des Königes.
Größer in der Nähe als in der Ferne.
Größer als Er schien
obgleich ihn alle
den Großen
nannten.
Gleich groß in Wohlfahrt und im Trübsale
der Niemanden Unrecht gethan.
Der sich nie als durch Wohlthaten
rächete,
die Zierde seines Hauses, die Stütze
des Landes,
den Lehrer und den Freund des Königes
die Ehre
der
Welt.

www.ingramcontent.com/pod-product-compliance
Lightning Source LLC
Chambersburg PA
CBHW022015050726
47499CB00007BA/2652